표류전쟁

서하 판타지 장편소설
FANTASY STORY & ADVENTURE

3

dream
books
드림북스

표류전쟁 3

초판 1쇄 인쇄 / 2014년 7월 14일
초판 1쇄 발행 / 2014년 7월 21일

지은이 / 서하

발행인 / 오영배
책임편집 / 편집부
펴낸 곳 / (주)삼양출판사 · 드림북스

주소 / 서울특별시 강북구 솔샘로67길 92
대표 전화 / 02-980-2112 팩스 / 02-983-0660
편집부 전화 / 02-980-2116 팩스 / 02-983-8201
블로그 / blog.naver.com/dreambookss

등록번호 / 제9-00046호
등록일자 / 1999년 3월 11일

ISBN 978-89-542-5412-0 (04810) / 978-89-542-5409-0 (세트)

* 지은이와 협의하에 인지는 생략합니다.
* 잘못된 책은 구입한 곳에서 바꾸어 드립니다.

이 도서의 국립중앙도서관 출판시도서목록(CIP)은 서지정보유통지원시스템홈페이지
(http://seoji.nl.go.kr)와 국가자료공동목록시스템(http://www.nl.go.kr/kolisnet)에서 이용하실 수
있습니다. (CIP제어번호: 2014020816)

표류전쟁

서하 판타지 장편소설
FANTASY STORY & ADVENTURE

3

dream
books
드림북스

차례

Chapter 1
콜래트럴 데미지
(collateral damage)

* collateral damage(2차적 피해) : 전투 중에 발생하는 민간인 살상
이나 민간 건축물의 파괴.

프로펠러의 요란한 굉음이 서울의 상공을 뒤흔들었다.

새로 개발된 40대의 전투기동 헬기가 한강 쪽에서 편대비행을 하면서 날아오고 있었다. 하늘에 펼쳐진 전투기동 헬기 40대, 그 모습은 가히 위압적이었다.

[목표 지점 도착.]

편대장이 물었다.

[피라미드 구조물을 발견했나?]

수신기로 대답이 돌아온다.

[눈앞에 보입니다.]

[오케이. 빨리 끝내고 돌아간다.]

[라져(roger)!]

좌측 네 대의 전투기동 헬기가 왼편으로 동체를 약간 기울더니 서울 숲으로 방향을 틀며 급강하했다. 그러자 다른 편대들도 그 뒤를 이어 강하하기 시작했다.

[목표 포착!]

[포착한 편대부터 사격 개시!]

좌우측에 달린 중기관총의 총열에서 불꽃이 일었다. 탄환은 정확히 야외무대를 향해 날아갔다. 야외무대는 마치 거대한 불꽃의 빗방울이 쏟아져 내리는 듯했다.

엄청난 화력이었다. 꿍음이 귓가에 쩌렁거렸고, 불꽃과 회색 연기가 뿌옇게 일어났다. 그러나 탄환은 투명한 벽에 부딪힌 것처럼 튕겨 나갔다.

"저게 어떻게 된 일이지?"

상황실의 사람들은 무슨 일인지 간파하지 못했다. 아케론만이 상황을 파악하고 미간을 찌푸렸다.

"에어돔이오. 일반 탄환으로 뚫을 수 없소."

에어돔(air dome)은 연맹이 개발한 방어막이었다. 미래의 첨단 무기들에 대비한 특수 방어막이라 현재의 무기로는 파괴할 방법이 없었다. 이에 대한 이해가 없는 공군 참모총장이 말했다.

"탱크의 철갑을 뚫을 수 있는 특수 탄환이오."

아케론은 철수를 종용했다.

"부하들을 살리고 싶으면 헬기를 철수시키세요."

"허어…… 참."

전투기동 헬기는 공격을 재차 시도했다. 그러는 사이 야외무대에는 카잔스키가 안드로이드를 대동하여 모습을 드러냈다. 안드로이드들은 다연장 로켓 발사대를 어깨에 메고 있었다. 그것을 본 아케론이 다급히 말했다.

"지금 당장 철수해야 하오."

카잔스키는 팔짱을 낀 채 느긋한 눈빛으로 전투기동 헬기의 공격을 지켜보았다.

"큭큭, 재미있군."

전투기동 헬기가 2차 공격을 했지만 에어돔에는 흠집 하나 나질 않았다.

"쓰레기 같은 것들. 기술력의 차이를 절실히 느끼게 해 주지."

안드로이드들이 선 채로 다연장 로켓 발사대를 하늘로 겨냥했다. 이어 하얀 연기를 내뿜으며 유도미사일이 발사되었다. 유도미사일은 부드러운 곡선을 그리며 낮게 날아가다 공중으로 솟구쳤다. 이를 발견한 조종사 한 명이 다급하게 외쳤다.

[적이 유도미사일을 쐈습니다.]

편대장이 플레어(flare) 시스템을 사용토록 지시했다.

[전 대원 플레어를 사용하여 교란하라.]

[라져(roger)!]

*　　　*　　　*

전투기동 헬기 뒤편에서 밝은 섬광이 번쩍였다.

플레어 시스템은 보다 높은 열을 내며 추적하는 유도 미사일의 특성을 이용, 교란 시킨 후, 공격을 회피하는 방어 수단이었다. 일반적인 열 추적 미사일이면 플레어의 섬광을 쫓아가야 하는 것이 정상이었다. 그러나 이상하게 전파 교란 효과가 제로였다. 미사일은 커다란 궤적을 그리며 날아와 헬기의 본체에 명중되었다.

콰쾅!

전투기동 헬기 한 대가 검붉은 화염과 함께 공중에서 폭발했다. 부러진 프로펠러가 저속 화면처럼 느리게 회전하며 추락했다. 조종사들의 급박한 통신이 오갔다.

[편대장님. 플레어가 통하질 않습니다. 교란 효과가 없습니다!]

그때, 공군 사령부로부터 후퇴 명령이 내려왔다. 편대장은 즉각 부하들에게 지시했다.

[부대 일단 귀항한다.]

편대장의 명령에 따라 전투기동 헬기들이 방향을 틀었다. 이를 본 카잔스키가 한쪽 입술만 말아 올리며 피식하고 웃었다.

"이제 와서 도망치게?"

안드로이드들이 들고 있는 다연장 로켓 발사대에서 미사일이 발사되었다. 한 방향으로 날아가던 미사일은 마치 꽃잎이 벌어지듯 펼쳐지며 귀항하는 전투기동 헬기를 쫓아갔다. 명중률 100%였다. 작전에 투입되었던 총 40대의 헬기가 미사일에 맞아 폭발하거나 격추되고 말았다. 다시 급박한 통신이 오갔다.

[편대장님. 꼬리에 맞았습니다.]

편대장은 자못 비장하게 지시했다.

[전 대원 잘 들어라. 지금 탈출하지 마라. 헬기를 포기하면 민간인들이 죽게 된다. 최대한 한강까지 끌고 가서 탈출한다.]

[라져(roger)!]

전투기동 헬기들은 불이 붙은 상태에서 방향을 한강 쪽으로 틀었다. 그중 한 대가 한강 유람선 쪽으로 추락하고 있었다.

유람선 한 척이 성수대교 다리 밑을 통과하고 있었다. 페리 선상에서는 방송국에서 나온 촬영 팀이 공군의 작전을 중계했다. 그러던 중 여기자와 카메라맨이 하늘을 올려다보았다. 반짝이는 은빛 물체가 시커먼 연기를 내며 날아오고 있었기 때문이었다.

"……?"

여기자가 소스라치게 놀라며 외쳤다.

"이쪽으로 추락해요!"

"모두 피해!"

그것은 추락하는 전투기동 헬기였고, 한강 유람선의 후미를 들이박고 말았다. 이어 고막이 찢어질 듯한 폭음과 함께 선체 후미에서는 검붉은 화염이 치솟았다.

*   *   *

많이 피곤했는지 누나는 지아를 데리고 일찍 차 안으로 들어갔다. 신우와 미진은 좀 더 수다를 떨다가 모닥불 옆에 쳐 놓은 텐트 안에서 잠이 들었다. 성구는 텐트 옆 침낭 속에서 코를 골았다. 준서는 잠시 캠핑카 주변을 살폈다. 야영장 쪽에 자리를 잡은 거친 사내들이 신경 쓰였기 때문이었다.

다행이었다.

그들도 이미 잠에 빠진 뒤였다.

여름을 알리는 별자리 아래를 걷자, 숲의 형체가 좀 더 명확해졌다. 어둠에 눈이 익어서였다. 여행지의 경치가 아름다울수록 이상하게 집에 대한 그리움도 커졌다. 여행지의 밤이 가끔 울적해지는 것은 그 때문이 아닌가 싶었다.

음식물 쓰레기와 그릇을 정리하던 아빠가 준서를 불렀다.

"아들, 어떠냐? 별일은 없겠냐?"

"어. 조용하네."

"그나마 다행이다."

그때였다. 함께 저녁 식사를 했던 남자가 다가오자 아빠는 말을 멈췄다. 남자의 표정은 좋질 않았다. 눈에는 눈물이 고인 것 같았다. 남자는 잦아드는 목소리로 말했다.

"서울까지 가지 않아도 될 것 같습니다."

아빠가 물었다.

"무슨 일이 생겼소?"

"한 시간 전에 사고가 있었답니다. 군사작전 중인 헬기가 추락하여 집사람이 타고 있던 페리와 충돌했다는군요."

"그걸 어떻게 알았……."

"공군 측에서 확인 전화가 왔습니다."

"애기 엄마는."

"집사람은 죽었습니다."

"저런……. 안됐군요."

"오산에 있는 공군 비행장으로 가서 집사람의 시신을 수습해야 할 것 같습니다."

화가 났다. 왜 아무런 죄도 없는 시민들이 죽어야 하는 걸까. 왜 연맹 놈들은 우리들의 목숨을 파리처럼 여기는 걸까. 저 녀석, 엄마 없이 커야 하나? 나처럼? 문득, 진수라는 아이의 엄마를 살리고 싶은 생각이 들었다.

"제게 엄마랑 애기랑 찍은 사진 한 장만 줘 보실래요? 문자로 보내시면 돼요."

남자가 의아한 모양이었다.

"학생이 왜?"

준서는 거짓말을 했다.

"공군 사령부에 아는 사람이 있어 확인해 보려고요. 잘못 안 것일 수도 있잖아요."

남자는 사진을 전송해 주면서 오열을 터뜨렸다.

"정말 그랬으면 좋으련만."

준서는 잠깐 자리를 옮겨 강신철에게 전화를 걸었다.

[너 아직 핸드폰 안 버렸냐?]

"왜 버려요?"

[놈들이 널 쫓아갈 게 분명하잖아.]

"그까짓 게 무서워 핸드폰을 버려요? 쫓아오라고 해요. 아니, 차라리 날 쫓아오는 게 나아요. 애꿎은 시민들이 죽거나 다치는 것보다는."

[감시국으로 들어와라. 네 도움이 필요하다.]

"작전 수행 중에 한강 유람선이 헬기와 부딪혀 침몰했죠?"

[그렇게 되었다.]

"감시국 위성에 녹화되었을 거예요. 그 장면을 제 핸드폰으로 보내주세요. 꼭 구해야 할 사람이 있어요."

[잠시만 기다려라.]

감시국 GPS 시스템은 놀라웠다. 한강 유람선이 침몰되는 장면을 여덟 개의 앵글에서 잡았다. 헬기와 부딪치는 순간, 유람선은 아비규환이었다. 검붉은 화염과 비명에 휩싸이고 승무원들은 종잇조각처럼 찢겨져 나갔다. 진수란 아이의 엄마인 여기자를 잡은 것은 5번 앵글이었다. 선체 앞쪽에서 촬영을 하던 여기자는 폭발의 충격으로 갑판에 머리를 부딪쳤다가 강물로 튕겨져 나갔다.

그걸로 끝이었다.

워낙 충격이 컸기에 살아날 방도가 없었던 것이다.

여자를 다시 발견한 것은 강물 위였다.

수면 위에 넓게 퍼진 옷자락의 가장자리는 벌써 물이 배어 어두운 색조를 띠고 있었다. 오래지 않아 남은 부분도 물을 먹어 그녀는 깊은 죽음 속으로 사라질 것이었다.

물속에 반쯤 잠긴 여자의 얼굴은 쓸쓸했다.

화면을 확대해 보았다.

가만히 들여다보니 뺨에 얼룩이 보였다.

그것은 눈물자국이었다.

강물에 잠겨 있지만 그것은 선명하게 구분할 수 있었다.

'죽어 가면서 눈물을 흘린 거야?'

그 이유는 곧 알 수 있었다. 여자의 손에 진수란 아이의 사진이 들려 있었던 것이다. 그랬다. 죽는 순간 여자는 아들을 떠올렸던 것이다.

'엄마도 백화점이 무너지는 순간에 나를 생각했을까?'

100% 그랬으리라는 확신이 들었다.

아이가 자신처럼 엄마 없이 살아갈 것을 생각하자, 준서의 눈에서는 불같은 분노가 터져 나왔다.

'나쁜 놈들.'

시간을 확인했다.

밤 11시 30분.

준서는 그 자리에서 팔찌를 조작했다.

*   *   *

밤 9시 50분.

준서는 1시간 30분 전, 잠실 페리 선착장으로 돌아왔다.

평소 같으면 사람이 붐볐겠지만, 선착장에는 사람이 없어서 한적했다. 선착장뿐이 아니었다. 서울 전체가 쥐 죽은 듯이 조용했다. 준서는 천천히 걸으며 한강 건너편, 낯익은 밤의 풍경을 바라보았다. 불과 몇 주 떠나 있었으나 마치 외국 여행이라도 다녀온 것처럼 반가웠다.

달라진 점은 있었다. 생기가 없고 활기차 보이질 않다는 점이었다. 강변북로에는 가로등이 꺼져 있는 곳도 있었고, 남산N타워에 불도 꺼져 있었으며, 오가는 차량도 많이 줄어 있었다. 마치 유령들의 도시처럼…… 서울은 그렇게 변해 있었다.

페리의 승무원들은 여의도로 귀항하기 위해 서둘고 있었다. 준서가 페리로 오르려 하자 승무원이 막아섰다.

"학생, 유람선은 운항하지 않는데?"

"김 기자님을 찾는데요."

"김 기자님을 왜?"

"할 말이 있어서요."

그때였다. 난간 쪽에서 서른 중반의 여자가 걸어왔다. 사진으로 미리 확인하여 알 수 있었다. 여자는 진수의 엄마였다.

"나를 왜 찾아요, 학생?"

"진수 어머니시죠?"

여자의 눈이 휘둥그레졌다.

"우리 진수를 어떻게 알아요?"

"용건만 간단히 말할게요. 이 배에 타시면 안 돼요. 선장님께도 말씀 좀 전해 주세요. 운항하지 말라고요."

"이유가 뭐죠?"

"이 배는 출발하고 20분 뒤에 공군 헬기와 부딪혀 침몰하게 되니까요."

여자의 표정에서는 놀람과 분노가 공존했다.

"무슨 말을 그렇게…… 학생이 그걸 어떻게 알죠?"

"전 미래를 볼 줄 알아요. 남편 분과 아이도 만났고요."

다소 황당할 것이었다. 장난인 줄 알 것이었다. 그러나 어쩔 수 없는 일이었다. 여자는 잔뜩 화가 난 얼굴로 소리쳤다.

"장난 그만치세요."

"이걸 보여주면 믿으시겠어요?"

준서는 핸드폰에 담아 온 사진을 보여주었다.

"남편과 아이 맞죠?"

"맞는데. 이 사진을 어떻게 학생이 가지고 있죠?"

"시간을 확인해 보세요."

사진에는 지금으로부터 1시간 30분 후 시간이 찍혀 있었다.

여자가 믿질 않았다.

"사진에 시간은 얼마든지 조작할 수 있잖아요."

"제가 무엇 때문에요. 이 사진은 어디서 나서요. 그리고 기자님을 유람선에 안 태운다고 나한테 돈이 생기는 것도 아닌데요."

"내가 묻고 싶은 말이에요. 왜 이러는지."

"남편 분 속초에 근무하시는 거 맞죠? 미시령에서 남편 분과 아이를 만났어요. 걱정된다고 기자님 찾으러 서울 간다고 하더라고요. 이렇게 위험한데도 간다고 하기에 제가 나선 거예요. 그 이상도 이하도 아니에요."

"1시간 30분 후에 사고가 난다고 했죠? 저는 어떻게 됐죠?"

"죽었습니다. 승무원 전원 사망."

"……!"

여자는 많이 놀란 듯했다. 아니, 그랬을 것이다.

"당연하잖아요. 그렇지 않았다면 말리러 오지도 않았을 겁니다."

준서는 핸드폰을 꺼내 사고 동영상을 보여주었다. 그것을 보던 여자는 하얗게 질린 얼굴을 했다. 당연했다. 자신의 죽음을 본 사람은 없을 테니까.

"잠, 잠깐만요."

여자는 페리로 갔다가 다시 왔다. 올 때는 카메라맨도 함께 돌아왔다.

"사고 날 것 같으니 운항을 취소하라고 말했어요. 여의도로 복귀해야 한대요. 그럼, 저 사람들은 죽는 건가요?"

"예."

"……"

"정 촬영이 중요하면 수상 보트를 타고 쫓아가세요. 아마 특종 잡을 거예요."

"왜 나한테만 말하죠? 그런 능력을 가졌다면……."

여자는 말끝을 흐렸다. 뒷말은 대충 짐작할 수 있었다. 다른 사람도 구할 수 있는 것 아니냐. 뭐, 이런 얘기일 것이다. 아케론의 말처럼 그럴 수는 없었다.

"나 혼자 세상 사람 모두를 구할 수는 없어요."

"다시 한번 물을 게요. 왜 나는 구해 주는 거죠?"

"아주 어렸을 적에 엄마를 잃었어요. 지금 제 말을 믿지 않으면, 진수는 엄마 없이 클 거예요. 나처럼."

"내 아들 진수가 날 살린 셈인가요?"

"예."

여자는 하염없이 눈물을 흘렸다. 그 모습을 보는 마음은 씁쓸했다. 왜 기득권을 가진 자들의 싸움에 평범한 사람들이 상처를 받는 걸까.

*   *   *

시간을 체크해 보았다. 밤 11시 15분이었다.

준서는 야영장에서 돌아오는 길이었고, 신우와 미진은 텐트 안에서, 성구는 침낭 속에서 코를 골고 있었다. 여자를 구하러 가기 전, 그대로였다. 대략 몇 분 후면 남자가 찾아올 것이었다.

똑같은 상황이 반복되었다.

음식물 쓰레기와 그릇을 정리하던 아빠가 준서를 불렀다.

"아들, 어떠냐? 별일은 없겠냐?"

"어. 조용하네."

"그나마 다행이다."

그때였다. 함께 저녁 식사를 했던 남자가 다가오자 아빠는 말을 멈췄다. 아까 남자는 서울에 간다고 말했었다. 지금은 반대로 말하게 될 것이었다. 준서는 결과가 자못 궁금하여 남자의 말에 귀를 기울였다.

"서울까지 가지 않아도 될 것 같습니다."

역시 그랬다. 남자는 정반대로 말했다.

"갑자기 상황이 바뀌었소?"

"사고가 있었답니다. 군사작전 중인 헬기가 추락하여 아내가 타고 있던 페리와 충돌했다는군요."

"저런, 그래서 어떻게 되었소?"

처음에 남자는 눈물을 머금고 말했었다. 아내가 죽었노라고. 그러나 지금은 다를 것이다. 예상대로 남자는 다르게 말했다.

"아내는 다행히 살았답니다. 운이 좋게 타질 않았다는군요. 방금 통화도 했습니다."

아빠는 기분 좋게 웃었다.

"잘됐군요. 하하."

"저희는 먼저 출발하겠습니다. 집사람을 원주까지 마중 나가기로 했거든요."

"그래요. 어서 출발하시오."

"신세졌습니다."

"별말씀을."

짧은 공간 하나가 사라졌다.

긴 시간은 아니었지만, 공간은 우주의 쓰레기가 되어 어둠 저편으로 사라졌다.

*　　*　　*

성구 옆에서 잠이 들었던 모양이었다.

머리맡에서 진동이 느껴졌다.

핸드폰을 붙들고서야 강신철로부터 부재중 전화가 많이 왔다는 걸 알았다. 거칠고 시끄러운 소리, 강렬한 불빛 때문에 잠에서 깼다. 프로펠러가 두 개 달린 대형 수송 헬기가 코앞에 있었다. 도로에는 군용 차량이 몰려와 있었다. 무슨 일이지? 군용차량에서 튀어나온 특수 부대원들이 휴게소를 정리했고, 대형 수송 헬기는 그곳에 내려앉았다. 수송 헬기에서는 깔끔한 정장 차림의 남자들이 내렸다. 아빠는 K2 소총을 들고 경계를 늦추지 않았다. 정장 차림의 남자가 아빠에게 물었다.

"준서 학생 가족이시죠?"

"그렇소만."

"우리는 대통령 경호원입니다."

"대통령 경호원이요?"

"대통령께서 오셨습니다. 총을 내려놓으십시오."

아빠는 바비큐테이블에 K2 소총을 내려놓았다. 좀 전에 말을 붙였던 사람은 경호 실장이었다. 그 뒤에 후덕한 인상의 장년 남자가 걸어왔다. TV에서나 볼 수 있었던 대통령이었다.

"나, 대한민국 대통령입니다."

"안녕하십니까."

"준서 학생에게 도움을 청하고자 이렇게 찾아왔습니다."

아빠가 말끝을 흐렸다.

"우리 애가 무슨 도움이 된다고……."

"현재 이 위험한 상황을 막을 수 있는 사람은 준서 학생뿐이라고 들었습니다만."

대통령의 부탁을 아빠는 일언지하에 거절했다.

"죄송합니다. 제 아들에게 그런 부담을 주고 싶진 않습니다."

"부탁드리겠습니다."

"저 같은 소시민에게는 가족의 안전보다 더 중요한 건 없습니다."

"윤 선생 가족의 안전은 제가 대통령 자리를 놓고 책임지겠습니다."

두 사람의 대화를 듣는 동안, 성물(聖物)이라 부르던 반군 지도자 세인트 존의 유골을 떠올렸다. 신성한 제단 앞에서 후계자의 맹세를 하지 않았던가. 현재에도 미래에도 너무도 많은 사람들이 연맹과 4대 곡물 메이저들의 횡포에 고통을 받고 있었다. 준서는 관자놀이의 정맥이 툭 불거져 나오는 느낌을 받았다.

피한다고 해결될 일은 아니잖아?

준서는 아빠의 팔을 가만히 잡아끌었다.

"아빠, 가요."

"……."

완강히 반대하던 아빠도 준서의 말에는 순순히 따라주었다.

우리는 대형 수송 헬기로 옮겨 탔다. 잠을 자다가 깬 탓인지 신우는 어깨에 머리를 기대고 모자란 잠을 청했다.

잠이 오나?

이럴 때 보면 멘탈이 어처구니없이 강하다. 반면 누나는 불안한 표정으로 아빠의 팔을 꽉 끌어안고 있었다.

오래지 않아 서울의 상공으로 접어들었다. 창밖으로 시선을 던졌다.

밤하늘을 밝히고 있는 십자가의 불빛들.

이 좁은 땅에 무슨 놈의 교회가 이리 많은지 모를 일이었다. 이 땅에 사는 사람들은 회개할 일이 많아서인가?

멀리 고속화도로의 나들목에는 폭도들의 행렬이 희미한 유령의 그림자처럼 길게 늘어져 있었다. 그 길 너머에는 여지없이 붉은 십자가들이 보였고, 거기에 넝마처럼 걸려 있는 너저분한 신(神)들.

방관만 하고 있는 그들에게 따져본다.

'대체 뭐하시는 거죠? 어서 이 땅에 내려와 사람들을 구해야 하는 거 아닌가요?'

Chapter 2
공간철도의 밤

프로펠러의 요란한 소음에 귀가 먹먹하고, 머리가 지끈거렸다. 수송 헬기는 양수리를 지나 한강으로 접어들었다. 조종사는 의식적으로 한강을 따라 하류로 내려갔다. 시내를 통과하지 않으려는 의도가 엿보였다. 팔당대교를 지나자 오른쪽으로 W호텔이 보였다. 대폭격이라도 맞은 것처럼 각 층에서는 검은 연기가 피어올랐다. 폭도들의 습격이 있었던 게 분명했다.

광장동 사거리에는 물이 넘쳐났다. 근처 상수도관이 파열된 것 같았다. 버려진 차량들이 천호대교 다리 위를 꽉 막고 있었고, 폭도들이 파출소라도 털었는지, 멀리 어린이대공원 쪽에서는 드문드문 총소리도 들렸다.

신우가 울 것 같은 얼굴로 물었다.

"여기가 서울이야?"

준서는 고개를 끄덕였다.

"응."

특히 오염이 심각한 한남동 레드 존(red zone—경찰청 분류)은 아수라장이었다.

보급 헬기를 통해 비상식량과 의약품을 투하하고, 구조 헬기가 건물 옥상에 모인 정상인들을 구조하는 것 외엔 특별한 활동이 보이질 않았다. 이런 식으로 몇 명을 구할 수 있을지는 모르겠지만, 아마도 이것이 최선일 것이었다.

건물 지하에 숨어 있었던 걸까. 몇몇 사람들이 프로펠러 소리를 듣고 뛰어 나와 헬기를 향해 소리쳤다.

"살려주세요!"

"우린 폭도가 아닙니다. 데려가 주세요!"

미진이 그들을 가리키며 외쳤다.

"저기, 사람들이 있어요. 정상인이에요."

아빠가 미진이를 자리에 앉혔다.

"앉아 있거라."

"저 사람들 위험하잖아요."

"우리는 저들을 구할 수 없다."

구조를 하러 내려가기에는 위험이 너무 컸다. 조종사는 냉정하게 기수를 반포대교 쪽으로 돌렸다. 그들은 차가운 거리에 남겨졌고, 어디선가 나타난 폭도들이 그들을 쫓았다. 있는 힘을 다해 도망쳤지만, 그들은 얼마 가지 못해 잡히고 말았다. 폭도들은 그들을 벽돌과 각목으로 때려죽이고 비상식량 박스를 풀어헤쳤다. 박스 하나에 수십 명이 달라붙었다. 그리고 그들의 시체 옆에서 주린 배를 채웠다.

"……."

한 단어로 표현한다면.

절망.

이 단어 말고는 모든 것이 처절하게 붕괴된 서울의 상황을 달리 표현할 길이 없었다.

신우가 힘없이 입술을 달싹였다.

"여기가 우리 동네라는 게 믿기질 않아."

"나도."

"꿈을 꾸는 거겠지?"

"아주 기분 나쁜 악몽이라고 생각해."

"깰 수 있어?"

"곧 깰 거야."

신우의 마음을 달래기 위해 거짓말을 했다. 하지만 준서 또한 쉽게 납득이 되질 않았다.

'우리가 자전거를 타고 학교 가던 게 엊그제 같은데…… 어떻게 이런 일이 벌어질 수 있을까.'

수송 헬기가 착륙한 곳은 경기도에 주둔한 군부대였다. 특수 부대원들이 우리를 안전 가옥으로 데려갔다. 안전 가옥의 시설은 위험하지 않다는 점에서 괜찮았다. 완전무장을 한 특수 부대원 십여 명이 가옥 주변을 지켰다. 외부 활동은 다소 제재를 받았지만 가옥 안에서는 자유가 보장되었다. 다들 오랜만에 긴장을 풀고 마음껏 쉬었다. 아빠는 아예 거실 소파에 드러누워 TV까지 틀었다. 재방송이 전부였지만.

"니들도 편히 쉬어. 아니, 푹 자라."

"네."

"당신도 좀 자고."

"알았어요."

세 시간 반쯤 후, 준서는 아케론의 호출을 받아 정보 분석실로 갔다. 정보 분석실 상황판에는 위험 지대와 안전지대가 적, 녹색으로 구분해 표시되어 있었다. 서울 전역으로 보면 약 80%가 적색이었다. 그만큼 오염 농도가 높았고, 이제는 거의 통제 불가능한 걸로 보였다. 아케론과 강신철은 팔짱을 낀 채 모니터를 뚫어지게 보고 있었다. 아케론을 보자 반가운 마음이 들었다.

"여기 계셨어요?"

"괜찮으냐."

"아뇨. 괜찮지 않아요."

강신철이 간단하게 수인사를 하며 말했다.

"일단 이것부터 봐라."

스크린 모니터에는 작전 중인 것으로 보이는 동영상이 틀어져 있었다.

＊　　＊　　＊

화면에는 정찰병이 초조한 얼굴로 바람언덕의 거친 경사면을 헤치며 올라가는 것이 보였다. 그는 언제든지 대응사격을 할 수 있도록 방아쇠에 손가락을 올려놓은 상태였다. 그는 주위를 돌아보며 재와 파편 더미를 헤쳐 나갔다. 밤하늘에는 잿빛 조각구름들이 떠다녔다. 그 아래 숲에는 헐벗은 나무줄기가 군데군데 솟아 있었고, 건너편에는 주상복합건물이 폐허가 된 채 서 있었다. 그는 언덕 꼭대기에 도착하여 납작 엎드렸다.

준서가 물었다.

"여기가 어디예요?"

강신철이 대답했다.

"서울 숲이다. 놈들이 여기에 둥지를 틀었다."

정찰병은 마른 입술에 침을 묻혔다. 그리고 적외선 투시경을 들어 야외무대를 보았다.

야외무대 앞에 설치된 피라미드 구조물은 거대한 방사형 빛무리에 둘러싸여 있었고, 거기에서는 징그럽게 생긴 원형의 금속 물체들이 꾸물꾸물 쏟아져 나왔다. 원형의 금속 물체는 짧은 다리에 두 개의 은빛 칼날을 달고 있었다.

준서가 눈매를 가늘게 만들었다.

"저게 뭐죠?"

이번에는 아케론이 대답했다.

"웜봇(worm—bot)."

놈들은 기분 나쁜 금속성을 내며 바닥으로 퍼져 나갔다. 뭣 모르고 숲에 발을 들여놓았다가는 발목이 잘려나가기 십상이었다.

그때였다. 정찰병이 후다닥 몸을 일으켰다. 놈들에게 들킨 모양이었다. 정찰병이 언덕 아래로 뛰어 내려갔다. 웜봇이 짧은 다리를 재빨리 움직여 그를 쫓아갔다. 언덕 아래에서 매복하고 있던 정찰병들이 총을 쏘았다. 쫓아오던 웜봇이 산산조각 나며 폭발했다. 그러나 어느새인지 웜봇들은 정찰 소대 둘레를 에워쌌다. 이번에는 소대원 전체가 사격을 개시했다. 총에 맞은 웜봇은 스프링처럼 튀어 올라 폭발했다.

정보 분석실 사람들은 손에 땀을 쥐며 지켜보았다.

"……."

점점 많은 웜봇들이 무리를 지어 몰려들었다. 정찰 소대가 저항을 했지만 곧 한계에 도달했다. 웜봇 한 대가 회전하는 칼날로 정찰병의 복부를 난자했다. 그리고 뱃속을 파고들더니 폭발해 버렸다. 정찰병의 몸이 터지며 그가 들고 있던 총과 계전기가 공중으로 튀어 올랐다. 그의 몸은 형체도 없이 사라졌다.

여기저기서 신음 소리가 새어 나왔다.

"으음."

"저런."

정찰 소대가 전멸하는 데엔 시간이 20분 정도 소요되었다. 이후 웜봇들의 행동은 엽기적이었다. 날카로운 칼날로 시체들을 조각낸 다음 어디론가 나르기 시작했던 것이다.

틱.

화면은 멈췄고, 딸각하고 정보 분석실에 불이 들어왔다. 무기 전문가들이 자기들이 본 것에 대해 열심히 분석을 했다.

"칼날이 무기인가?"

"전투력은 아직 모르겠군."

"적외선 투시경에는?"

"잡히는 거 같네."

"카메라는 설치되었나?"

"응."

아케론이 주의를 환기시킨 다음, 웜봇에 대해 설명해 주었다.

"저놈들은 시체곤충이란 별명을 가지고 있소. 연맹이 곡창지대를 지키기 위해 만든 것들이오."

3군단 소속 정보장교가 물었다.

"시체를 조작내서 가져가는 이유가 뭡니까?"

"샘플을 수집하는 거요. 연구용으로."

"약점은 없습니까?"

아케론이 턱수염을 만지다 뭔가 생각난 듯 말했다.

"자체에 폭약을 지니고 있어서 저놈들은 불에 약하오."

정보장교가 직책답게 즉각 대응책을 제시했다.

"화염방사기로 대적할 수 있겠군요."

"천적이라고 할 수 있소만, 전투 안드로이드 TK—10의 지원을 받으면 대적하기가 쉽지 않을 거요. 그래도 화염방사기라면 큰 타격을 줄 것 같소."

정찰 소대가 보낸 동영상은 신속히 비상 지휘 본부로 전달되었다.

강신철이 무언가를 결심한 듯 굳은 표정으로 말했다.

"상황실로 가서 공간 이주 결정을 내리겠습니다."

아케론이 고개를 끄덕였다.

"나와 준서는 대성당으로 가서 에너지를 가져오겠소."

　　　　　　　＊　　　＊　　　＊

비상 지휘 본부. 상황실.

대통령 주재 하에 두 번째 전군 지휘관 회의가 소집되었다. 국방부 장관, 육, 해, 공군 참모총장을 비롯한 각 부대 지휘관들은 정찰 소대가 보내온 영상 자료를 모니터링 했다. 강신철이 최종 결론을 내렸다.

"기동타격대, 정찰, 기갑부대 등 모든 작전이 실패했습니다. 다른 분석이 필요 없습니다. 일방적인 전력의 열세입니다. 따라서 우리가 선택할 수 있는 길은 공간 열차를 타고 빠져나가는 것뿐입니다. 공간 이주죠. 그것도 시간이 주어졌을 때 가능한 이야기입니다. 앞으로 일주일 이내에 서울은 미래 연맹의 수중에 떨어질 테니까요."

대통령이 다소 지친 음성으로 물었다.

"무엇부터 해야 하는 것인가."

"우선은 시민들에게 탑승권을 보내야 할 것입니다."

"선별 기준은 어찌 되고."

"성별, 연령별, 세대별, 지역별, 여러 가지 요소를 고려하여 형평성에 만전을 다할 생각입니다."

국무총리가 끼어들어 차별적 발언을 했다.

"사회 지도층과 각 분야 엘리트들부터 탑승권을 발행해야 하지 않겠소?"

강신철이 그 의견에 강력히 반발했다.

"안 됩니다. 그렇게 하면, 평범한 시민들은 공간 이주의 기회조차 얻지 못할 겁니다."

국무총리가 대통령에게 직접 의견을 제시했다.

"대통령님. 나라의 미래를 생각해야 합니다. 그런 전문가들이 있어야 나라를 재건할 수 있습니다. 이는 작은 희생으로 나라의 초석을 다지는 일입니다."

강신철의 목소리는 격앙되었다.

"작은 희생이란 게 일반 시민들을 두고 하시는 말입니까?"

"가슴은 아프지만 어쩌겠나."

"지금 그 잘난 엘리트들이 만든 미래 연맹에게 공격을 받고 있다는 사실을 잊으셨습니까?"

"감시국 팀장이 나서기에는 너무 중대한 결정인 것 같군."

국무총리가 무시하자 강신철은 발끈하여 자리에서 일어났다.

"그래요? 그러면 이 프로젝트에서 저는 빠지도록 하죠."

그러자, 대통령이 국무총리에게 핀잔을 주었다.

"총리께서 잘 모르시는 게 있습니다. 강 팀장이 빠지면 아무것도 되질 않습니다. 차라리 총리께서 빠지시지요. 부끄러운 말씀은 그만 하시고요."

국무총리의 얼굴은 붉어지고 말았다.

"끙."

대통령이 강신철을 쳐다보았다.

"강 팀장, 계속하게."

"군인, 경찰, 공무원은 배제하겠습니다."

"그렇다면 누가 질서를 유지할지……."

"새로운 세상에서 사람들은 스스로 질서를 유지할 겁니다. 인류는 오래전부터 그래 왔고, 그것이 결국 오늘인 거 아니겠습니까."

대통령은 그의 말에 수긍했다.

"자네 말이 옳네. 사람들은 새로운 세상을 만들어 갈 걸세. 그러나 나는, 행정부의 수반으로서, 국군통수권자로서 여기에 남을 것이네. 그래서 남은 사람들과 운명을 같이할 걸세."

남은 사람들과 운명을 같이 하겠다는 말, 그 말은 강신철의 가슴을 뭉클하게 만들었다.

'……다르군요.'

김 소령이 그랬듯이. 대통령은 스스로 힘겨운 무게를 짊어졌다. 권력자들이 모두 이렇게 책임을 져 준다면, 세상은 조금 따뜻해졌을지도, 적어도 이렇게까지 되진 않았을 것이란 생각이 문득 들었다.

*　　*　　*

제롬에 의해 폐허가 되었던 대성당은 어느덧 본래의 모습을 되찾았다. 아케론이 루치우스를 만나러 들어간 동안 준서는 주변을 거닐었다. 대성당에서 멀지 않은 곳에 아름다운 강이 흘렀다. 준서는 그 강의 기슭을 거닐다, 떡갈나무 그늘진 풀밭에 털썩 주저앉았다.

'평화롭고…… 좋네.'

한여름 낮.

태양은 높이 솟아오르고, 물거품이 하얗게 빛났으며 물 위에는 따뜻한 바람이 불어 잔물결이 일었다.

'여기는 이토록 아름다운데. 우리 세상은 폐허가 되어 가고 있어. 공간 좌표로 보면 이곳은 우리 세상과 얼마나 떨어져 있을까. 모두 이곳에서 살 수는 없을까?'

뒤쪽에서 귀에 익은 음성이 들렸다.

"허허. 무슨 생각을 그리 골똘히 하는 게냐."

루치우스였다. 준서는 공손히 허리를 숙였다.

"잘 계셨어요?"

"고민이 많으냐?"

"그냥 보고 있었어요."

"마음이 심란할 때는 그렇게 비워두는 것도 괜찮다."

"네. 보고만 있어도 마음이 안정되는 기분이에요."

"우리가 싸우는 이유 중 하나지."

"어떤?"

루치우스는 눈앞에 펼쳐진 풍경을 향해 양팔을 벌렸다.

"네가 보고 있던 것들. 세상의 모든 것들 말이다. 태양, 강물, 풀숲, 적당히 불어오는 바람, 반짝이는 별, 조용한 꿈. 우리는 이런 가치들을 지키기 위해 싸우는 것이란다."

준서는 가만히 고개를 주억거렸다.

"네."

불현듯, 재민의 말이 떠올랐다. 후계자들은 하나의 특화된 능력을 지니게 된다는 말이. 그래서 루치우스에게 물었다.

"후계자의 맹세를 하면 어떤 능력을 갖게 된다면서요?"

"허허. 누구에게 들었느냐. 아케론?"

"아뇨. 1994년에 표류된 학교 친구한테요."

"궁금하냐?"

"네."

"그렇다면 말해 주마. 네가 가진 능력은 '중력의 힘'이다."

중력의 힘? 선뜻 이해가 되질 않았다.

"중력을 네 마음대로 조종할 수 있는 엄청난 능력이지. 군도와 네가 혼연일체가 되었을 때, 스스로 깨닫게 될 게다. 다만 분노를 먹고 자라는 힘이라 절제는 필수다. 알았느냐."

"네."

무슨 말일까. 대답을 그리했지만 이해가 되질 않았다.

"……."

그때, 기척도 없이 아케론이 나타났다.

"갑자기 오자고 한 이유가 궁금하지? 타임 게이트를 운행하려면 엄청난 양의 에너지가 필요하다. 그것을 연맹 원로회에서 조달 받았다. 오늘은 그것을 가지러 온 것이다."

준서는 고개를 갸웃거렸다.

"연맹 원로회가 우리를 돕는다고요?"

"그들은 지혜를 가진 사람들이라 자멸을 원하진 않는다."

"다행이네요."

대성당 쪽에서 앤드류와 반군 요원들이 모습을 드러냈다. 오리엔탈 익스프레스에서 목숨을 구해 준 후, 급속히 친해진 앤드류가 반갑게 인사를 했다.

"하하. 오랜만이다."

"어, 앤드류 형."

"내가 에너지 박스를 들고 가서 타임 게이트를 설치해 주마."

"고마워. 형."

앤드류가 눈을 찡긋했다.

"열차에서 네가 날 살려줬으니 나도 네게 뭔가를 해 줘야지. 안 그래?"

준서는 멋쩍게 뒷머리를 긁적였다.

"그런 의도는 아니었는데……. 형이 도와준다니 든든하네."

"하하. 당연하지."

준서와 앤드류가 앞서 나가자, 루치우스와 아케론은 일부러 발걸음을 늦췄다.

"2013년으로 파견된 놈의 정보를 입수했습니다. 카잔스키라고 레닌그라드 보안과장을 지낸 놈인데, 이번에 정보부장 체호프가 전격 발탁했다고 합니다."

"이걸로 해결되는 건가?"

"파견 시점에서 놈이 탄 배틀쉽을 폭파시킬 계획입니다. 그러면 2013년에는 아무 일도 발생하지 않을 겁니다."

"다행이군."

"한 가지 더. 중간 벽을 깨고 2103년으로 갈 수 있는 방법을 알아냈습니다."

중간 벽(middle block)은 시간 평면 이동을 막기 위해 연맹이 고안해 낸 장치였다. 이것 때문에 4대 곡물 메이저가 최초로 담합을 결성했던 2103년으로 타임 워프 하지 못했기에 이는 초미의 관심사일 수

밖에 없었다.

"어떻게 가능한가."

"놈들이 열어 놓은 타임 게이트를 통하면 가능합니다."

"놈들의 타임 게이트를 역이용한다?"

"그렇습니다."

"좋은 생각일세. 하지만 누굴 보내지?"

"준서입니다."

루치우스가 하늘을 쳐다보며 한숨을 내쉬었다.

"후우. 너무 큰 짐을 지게 하는 것 같아 미안하구먼."

"정확한 좌표를 알아낼 수 없어 근사치로 설정한 게 저도 걱정스럽습니다."

"그게 어딘가?"

"칠년전쟁입니다."

칠년전쟁은 연맹 결성을 반대하여 반군이 벌인 전쟁을 말했다. 결과는 참패였다. 패배한 전쟁의 한복판으로 보낸다는 것은 큰 무리수였다.

"다른 방법을 생각하세."

"마지막 기회일지도 모릅니다. 연맹은 두 번 다시 실수하지 않을 테니까요. 2103년 4대 곡물 메이저의 담합만 막으면 연맹은 힘을 잃게 됩니다."

"반대로 준서를 잃는다면?"

"운명에 맡겨야죠."

"준서는 알고 있나?"

"아닙니다."

"이건 옳지 않아. 그 전쟁에서 생존자는 딱 한 명일세. 그 사실이 바뀌겠나?"

"이제 둘이 될 겁니다. 그리고 역사는 바뀔 겁니다."

"허어……."

*　　　*　　　*

정부는 조속히 움직였다. 운송 가능한 모든 열차를 서울역 기지로 집결시키고, 탑승권을 발급했다. SNS와 문자 메시지를 통해 '공간열차—C'의 탑승권이 시민들에게 전송되었다. 탑승권의 QR코드를 인증하면 대통령의 메시지가 흘러나왔다.

　—국민 여러분, 우리 세상은 미지의 적의 공격을 받아 위험에 처해 있습니다. 저와 정부는 안전한 피난처를 확보한 상태입니다. 이 탑승권은 피난처로 가는 열차에 탑승할 수 있는 권리이며, 모두에게 발급될 것입니다. 다만 순서는 다를 수 있으니 받지 못하신 분은 동요치 마시고 기다려 주시기 바랍니다.—

탑승권은 모든 요소들의 형평성을 고려하여 랜덤하게 발급되었다. 어떤 사람은 대피소에서, 어떤 사람은 TV를 보다가, 어떤 사람은 밥을 먹다가, 어떤 사람은 길을 걷다가 탑승권을 받았다. 사람들은 이를

'생존 열차 탑승권'이라 했다. 지옥에서 벗어날 수 있는 기회가 마냥 좋은 일은 아니었다. 어떤 경우는 남편에게만, 어떤 경우는 아내에게만, 어떤 경우는 부모에게만, 또 어떤 경우는 자식에게만 발급이 되었다.

이것이 무슨 일인지 정확히 아는 사람은 없었다.

막연하게나마 알 수 있는 것은 누군가는 떠나고, 누군가는 남는다는 사실이었다.

좀 더 확실한 것도 있다. 소중한 사람과 헤어진다는 게 그것이다. 그것이 비록 잠깐일지라도, 그것은 분명한 슬픔이자, 현재 인류가 처한 비극이 아닐 수 없었다.

철도국으로 문의 전화와 메일이 빗발쳤다.

  —안녕하세요. 병상에서 투병 중인 제 아내에게 탑승권을 양보할 수 없나요? 저는 괜찮거든요. (마천동 30세, 男)

  —열차에는 제 자식을 태우고 싶소이다. 명의를 변경할 방법은 없는지. 답변 꼭 부탁드리오. (쌍문동 70세, 男)

  —저는 중학교에 다니는 여학생이에요. 우리 집에는 탑승권이 한 장밖에 오지 않았어요. 부모님을 태워드리고 싶은데 가능할까요? (옥수동 16세, 女)

물론 탑승권을 받지 못한 사람들의 항의도 많았다. 그들은 갖은 욕설을 퍼붓고, 철도국에 찾아와 행패를 부리기도 했다. 그러나 소중한 사람, 가족이나 연인에게 양보하려는 사람들도 많았다.

그런 걸로 미루어 볼 때, 아직 세상은 따뜻한 거라고…… 생각해도 되지 않을까, 라고 누군가 말했다.

*　　　*　　　*

타임 게이트가 설치될 장소는 용산역이었다. 타임 게이트를 설치하기 위해 앤드류와 반군 요원들이 용산역에 도착했다. 엔지니어들이 미래에서 가져온 장비를 철로 양편에 설치했다. 그동안 준서는 아케론과 철도국 통제실로 이동했다.

30분쯤 후에 작은 아치형의 타임 게이트가 생겼다. 타임 게이트는 막대한 전력을 필요로 했다. 원자력 발전소 세 곳에서 생산하는 전력을 통째로 잡아먹었다. 그 덕에 서울을 비롯한 주요 광역시의 일부 지역이 정전되었다. 타임 게이트의 오른쪽에는 회로소자들과 스캐너와 에너지 저장소가 자리 잡았다. 그리고 공간 엔진이 장착되었다.

"설치는 끝났고, 가동을 해볼까?"

앤드류가 콘솔(console―조작단추와 계기들을 모아 배열한 장치)의 스위치를 올렸다. 그러자 공간 엔진이 가동되며 상상하기조차 어려울 만큼 엄청난 에너지를 게이트 안쪽으로 쏟아 붓기 시작했다.

처음에는 좁았다.

엄청난 에너지를 소비하며 게이트의 너비가 50미터 정도로 커졌다. 그리고 타임 게이트의 테두리인 아치는 스스로 밝은 녹색을 띠며 빛을 발하기 시작했다.

앤드류가 철도국 통제실로 보고했다.

"스탠바이 상태입니다."

아케론이 응답했다.

"수고했다."

*　　　*　　　*

무장한 군인들이 겹겹이 서울역 주변을 둘러싸고 있었다. 만에 하나 일어나게 될지도 모를 집단적 사태에 대비한 것이었다. 역 개찰구에서부터 사람들은 끝도 없이 줄을 서 있었다. 탑승권을 받은 사람들이었다. 그들은 불안한 시선으로 신비한 빛을 띠고 있는 타임 게이트를 쳐다보았다. 스피커에서는 계속해서 안내 방송이 나왔다.

　—시민 여러분께 알립니다. 공간철도는 곧 개찰을 시작할 예정입니다. 탑승권을 소지한 분들만 앞으로 나와 줄을 서 주시기 바랍니다. 아울러 질서를 문란하게 만드는 폭도는 즉시 체포될 수 있음을 경고하는 바입니다.—

승무원이 시민들에게 당부했다.

"탑승권을 스캔해 주십시오."

공간 열차를 타야 하는 시민들의 표정은 묘했다. 지옥이 되어 버린 서울을 떠난다는 안도감과 미지의 세계로 가야 하는 불안감이 번갈아 드러났다.

삐익. 기계음이 울렸다.

"탑승권 미소지자는 열에서 나와 주십시오."

개찰구에서 남자 하나가 튀어나왔다. 군인들이 제지하자 남자가 난동을 부렸다.

"놔! 나도 가고 싶어. 나도 살고 싶다고!"

군인들은 냉정했다.

"탑승권이 없으면 타지 못합니다. 열외 해 주십시오."

남자는 숨겨 왔던 칼을 빼 휘둘렀다.

"이 새끼들아. 왜 나는 탑승권을 안 주는 거야. 누구 맘대로 이걸 결정하는 거야!"

철컥. 군인들이 장전을 하고 소총을 남자의 가슴에 들이댔다.

"난동을 부리면 강제 진압할 것이다. 칼 내려놔!"

쨍그랑. 남자는 힘없이 칼을 떨어뜨렸다.

"나도 살고 싶다고. 흑흑."

"돌아가서 기다리시오."

소동은 씁쓸한 여운을 남겼다. 소동이 가라앉자 시민들은 한 명씩 개찰구를 통과하기 시작했다. 긴 줄 옆으로 노인과 젊은 부부가 개찰구를 통과하지 않고 실랑이를 벌였다. 그들 사이엔 다섯 살 아이가 서 있었다.

"이 탑승권은 아버지 앞으로 온 거잖아요. 어서 타세요. 제가 남을 테니."

"늙은 내가 타는 건 욕심이다. 나는 살만큼 살았지 않니. 어서 가렴."

"아버지!"

"승호야. 어서 엄마 아빠 손잡고 열차에 타렴."

아이가 고개를 들어 맑은 눈망울로 물었다.

"할아버지는 같이 안 가요?"

노인은 인자한 얼굴로 아이의 머리를 쓰다듬었다.

"이 할아비는 조금 나중에 갈게."

"꼭 오시는 거죠?"

"그럼. 우리 손자 보러 꼭 가야지."

옆에 서 있던 여자가 얼굴을 가리며 흐느꼈다.

"어떡해요. 흑흑."

노인은 웃었다.

"허허. 어떻게 하긴 니들끼리 잘 살아야지. 울지 마라. 어차피 사람은 헤어진다. 그 시간이 좀 빨리 왔을 뿐이다. 그리 생각하자꾸나."

"아버지."

소동과 실랑이, 침묵이 계속 반복되었다.

＊　　　＊　　　＊

공간 열차를 운행하기 위해서는 우선적으로 처리해야 할 일이 있었다. 미래 연맹이 발사한 전자파 랩을 제거하는 일이었다. 이를 제거하지 않을 시에는 에너지 소모량이 커져, 인구 전체를 이주시키기 전에 타임 게이트가 멈출 수 있기 때문이었다.

방법은 대용량 EMP 폭탄을 터뜨려 전자파 랩을 파괴하는 것뿐이었다. 문제는 서울 전역을 커버할 수 있는 장소를 확보할 수 있느냐,

하는 것이었다.

서울 전역을 커버할 수 있는 곳은 남산N타워뿐이었다. 그러나 웜봇이 도로를 장악한 상태에서 남산N타워까지 가는 것은 쉬운 일이 아니었다. 기동 헬기는 생각할 수조차 없었다. 유도미사일에 곧 격추되고 말 테니까.

아케론은 결심했던 대로 준서의 어깨를 붙잡았다.

"네가 해 줘야겠다."

아케론의 의중을 모르는 준서는 고개를 끄덕였다.

"네."

"가급적 세 시간 내에 끝내야 한다. 앤드류가 따라갈 것이다."

"알았어요."

우리는 가장 짧은 코스인 한남대교를 건너가기로 결정을 보았다. 공병대에서 지원을 나온 화염방사전차와 화염방사병을 앞세웠다.

화르륵.

화염방사전차들이 압축가스로 분사시킨 불꽃은 50미터까지 뻗어 나갔다. 화염방사병들은 전차 뒤를 따르며 청소를 시작했다. 아케론의 말처럼 웜봇은 열에 약했다. 불꽃에 맞은 놈들은 팝콘처럼 튀어 올라 터졌다.

펑. 펑. 펑.

한남대교 절반까지 시커멓게 타 버린 차량과 웜봇의 잔해들이 가득했다. EMP 폭탄을 짊어진 반군 요원들은 주위를 조심스럽게 살피며 전진했다.

앤드류가 경고를 했다.

"준서야. 옆 차량!"

고장 난 차량 속에 숨어 있던 웜봇 두 기가 무릎 관절에 장착된 스프링을 이용하여 튀어 올랐다. 회전하는 칼날은 상당히 위험하게 보였다. 준서는 군도를 두어 번 그어 내렸다. 둘은 허공에서 산산조각이 났다.

"그놈들 폭발할 거야!"

준서는 군도로 바람을 일으켜 웜봇의 잔해를 날려 버렸다. 놈들은 십 미터쯤 날아가다 공중에서 폭발했다.

앤드류가 엄지손가락을 치켜세웠다.

"오, 굿이야!"

탕. 탕.

반군들은 화염방사병을 공격하는 웜봇들을 조준 사격하여 제거해 갔다.

웜봇들은 이름과 걸맞게 꾸물거리는 벌레 같았다. 특히 떼를 지어 움직일 때는 수십만의 투구벌레를 떠오르게 했다. 그것들의 머리 위로 엄청난 불꽃이 덮쳤다.

펑. 펑. 펑.

앤드류가 탄띠에 차고 있던 무전기를 꺼내 안테나를 뽑았다.

"한남대교 청소 완료!"

강신철이 응답했다.

[벌레들의 숫자는 얼마나 되나.]

"셀 수 없다."

[양재에서 한남IC까지 도로에 병력을 투입해도 되겠나?]

"강남대로는 텅텅 비어 있다."

[오케이, 수고했다.]

앤드류는 무전기를 탄띠에 차며 씩 하고 웃었다.

"별말씀을."

*　　　*　　　*

철도국장은 책상 서랍을 열어 담배를 찾았다. 십여 년간 끊은 담배가 있을 리 없었다. 그는 오랜 동료이자 후배인 수석 기관사를 보았다.

"자네, 담배 있나?"

"끊으셨잖아요."

"다시 피우려고. 아, 잔소리할 생각은 말게."

수석 기관사는 말없이 담배 한 개비를 주었다. 철도국장은 담배를 물고 깊숙이 들이마셨다가 내뱉었다. 푸른 담배 연기가 뭉글거리며 천장까지 올라갔다.

"자네가 몇 년째지?"

"25년째입니다."

"오래되었군. 무사고라니. 참 훌륭한 기관사로군."

"새삼스럽게 왜 이러세요."

철도국장이 갑자기 볼멘소리를 했다.

"내 평생 이런 운행은 처음이구먼. 좌표만 주고 출발하라니. 하여

튼 위의 놈들이란……."

"우리야 늘 그랬듯, 시키는 대로 하면 되지요."

"그래. 연금은 받아먹어야지."

"하하. 그럼요."

철도국장은 마이크를 잡았다.

승객 여러분, 저는 철도국장입니다.

역사(驛舍) 전체 스피커에서 철도국장의 말이 흘러나왔다. 개찰구에서부터 광장을 꽉 메운 사람들이 불안한 눈빛으로 스피커를 쳐다보았다.

현재 선로 점검 및 에너지 충전 때문에 열차 출발이 지연되고 있습니다. 일은 순조롭게 진행되고 있으며 작업이 끝나는 대로 열차는 출발할 예정입니다. 그러니 조금도 불안하게 생각하지 마시고 각자의 위치에서 질서를 지켜주시기 바랍니다. 아무쪼록 즐거운 여행이 되십시오.

철도국장은 마이크 스위치를 끄고 수석 기관사를 쳐다보았다.

"잘했지?"

"예. 국장님."

"승객들을 안심시키는 게 제일 먼저 할 일일세."

"저는 이제 준비하겠습니다."

철도국장이 그를 껴안았다.

"잘 가게. 나는 남아야 할 것 같네."

"나중에 뵙겠습니다. 그동안 몸 건강하십시오."

더 이상 소동은 벌어지지 않았다. 사람들은 침묵 속에서 자신의 차례를 기다렸다.

낯설고 고립된 장소에서, 혹은 위험한 상황과 마주했을 때의 태도. 경계할 것인가, 공격할 것인가, 아니면 움츠러들 것인가, 가식적인 미소를 보일 것인가 등등, 여러 가지 경우의 수가 있었다. 모두가 불안한 마음은 있었지만, 인간은 그렇게 비굴하지는 않았다. 조용히 질서를 유지했던 것이다. 어쩌면, 이것이 영장류의 진화적 유산인 자존심일지도 몰랐다.

*   *   *

국립극장 앞. 남산N타워까지는 이제 계단을 이용해야 했다. 계단은 끝이 안 보일 정도로 이어져 있었다. 앤드류가 올라가는 첫 번째 계단에 발을 얹었다. 총을 조심스럽게 두 손으로 움켜쥐고 한 번에 한 발자국씩 계단을 올라갔다. 그때 반짝거리는 금속이 숲에서 기어 나왔다. 웜봇이었다.

"젠장. 여기도 있었냐?"

탕. 탕. 앤드류는 생각할 것도 없이 방아쇠를 당겼다. 웜봇 두 기가 박살 났다. 바퀴와 스프링이 숲으로 튀었다. 앤드류와 반군 요원들은 파편의 연기 사이로 총을 갈겨댔다.

탕. 탕. 탕.

총알은 웜봇 무리의 중앙을 향해 날아갔다.

"……?"

준서는 잠시 발걸음을 멈추었다. 숲 속에서 웜봇과는 다른 묵중한 기운을 느꼈기 때문이었다. 준서는 반사적으로 군도를 빼 들었다.

"모두 멈추세요."

"왜?"

우지직. 산책로의 철조망을 찢으며 나타난 거대한 형체가 계단 위에 섰다. 앞을 가로막은 것은 붉은 수도복을 걸친 전투 안드로이드 TK—10이었다. 놈은 수도복 소매를 젖히고 CIS—50 중기관총을 발사했다.

두두두두.

"엎드려요!"

앤드류와 반군 요원들은 재빨리 좌우로 흩어지며 납작 엎드렸다. 그들의 머리 위로 철갑탄이 날아갔다. 고개를 5센티만 들었어도 머리가 박살 났을 것이었다. 준서의 몸은 이미 허공에 솟구친 상태였다. 안드로이드 TK—10은 준서의 움직임을 따라 CIS—50 중기관총을 쳐들었다. 총열에서 불꽃이 일며 탄피가 공중으로 튀었다.

쇄액!

군도가 예리한 빛을 번득이며 허공을 갈랐다. 안드로이드 TK—10의 오른쪽 어깨로 들어간 칼날이 왼쪽 옆구리를 뚫고 나왔다. 강렬한 전기 스파크를 일으키며 놈은 주저앉아 일어나질 못했다.

오래간만에 숨이 찼다. 가파른 계단 때문이었다. 계단 아래쪽에서 계단 위쪽에 있는 적을 상대하는 건 쉽지 않았다. 게다가 키가 2미터가 넘는 놈을 상대하려니 기력의 소모가 평소보다 두 배는 더 발생하는 것 같았다. 준서는 철조망에 기댄 채로 거친 숨을 몰아쉬었다.

"하악. 하악."

앤드류가 달려와 손을 내밀었다.

"괜찮아?"

준서는 앤드류의 손을 잡으며 일어섰다.

"응."

＊　　　＊　　　＊

안개 낀 초여름 밤.

안개는 역등(驛燈)의 불빛을 흐릿하게 하여 철로를 비현실적인 공간으로 왜곡시켰다.

안전 가옥에서 연락을 받고 왔지만 플랫폼에 준서는 없었다. 아빠와 누나는 준서를 찾으러 통제실로 갔고, 성구와 미진은 미리 올라타 창가에 자리를 잡았다. 신우는 조용히 그림처럼 벤치에 앉아 준서를 기다렸다.

플랫폼은 분주했다. 탑승권을 받은 많은 사람들이 오가고, 작은 매점의 불빛이 축제가 끝난 후처럼 어둔 밤을 밝혔다. 정보부 요원이 말하길, 안전한 곳으로 이동할 거라 했다. 안전한 곳으로 돌아간다는 말은 정말 달콤하게 느껴졌다.

이상한 시간들, 끔찍했던 폭도들, 불안했던 날들……

그동안은 좋지 않은 꿈을 꾼 것 같았다.

악몽 말이다.

스피커에서 안내 방송이 흘러나왔다.

—현재 선로 점검 및 에너지 충전 때문에 열차 출발이 지연되고 있습니다. 일은 순조롭게 진행되고 있으며, 작업이 끝나는 대로 열차는 출발할 예정입니다. 그러니 조금도 불안하게 생각하지 마시고 각자의 위치에서 질서를 지켜주시기 바랍니다. 아무쪼록 즐거운 여행이 되십시오.

안내 방송을 들으니 더욱 안심이 되었다.

'곧 출발한다니 다행이야.'

철도국장의 목소리는 안정감을 주었다. 어수선했던 플랫폼도 차분하게 가라앉았다.

신우는 잠깐 일어나 자판기에서 따뜻한 홍차를 뽑아 벤치로 돌아왔다.

분명히 여름의 별자리 아래 앉아 있지만 아직은 따뜻한 홍차가 어울렸다. 아마 밤의 기차역이 주는 스산한 느낌 때문일 것이었다.

한 모금에 온몸으로 홍차 향기가 퍼졌다.

'따스하다. 준서 등처럼.'

그때는 봄이었는데. 신우는 준서와 한강 둔치에 놀러 갔던 날을 생각했다.

가벼운 발걸음도, 구름 한 점 없는 봄 하늘도, 나뭇잎의 그림자도, 전부 좋았던 날이었다.

물론 준서의 등이 가장 좋았지만.

그때 들었던 것 같았다.

　—세상은 폐허가 될 거야. 사람들이 사라지고, 잊혀지고, 또 기억하지 못하고, 때론 죽기도 하고……

그리고 준서의 말은 여름이 채 오기도 전에 현실이 되고 말았다.

신우는 무릎을 끌어당겨 꼭 안았다.

'왜 안 오는 거야. 안전한 곳으로 피신한다잖아. 혼자 있기 싫어. 어서와.'

그때였다.

　—신우야.

신우는 준서가 부르는 소리에 고개를 돌렸다. 준서는 아무데도 없었다. 대신 준서를 찾으러 갔던 아빠와 누나가 플랫폼을 따라 걸어오고 있었다. 준서를 찾지 못했는지 두 사람의 표정이 좋질 않았다. 막 물어보려던 참이었다. 그런데, 두 사람의 걸음걸이가 갑자기 느려진 듯한 느낌을 받았다. 왜 이러지? 그것뿐만이 아니었다. 플랫폼이 마치 색을 사용하지 않은 수채화처럼 회색으로 변해갔고, 사람들은 그림 속의 정물처럼 동작을 천천히 멈추었다. 아빠와 누나는 걸어오는 채로, 차창 안의 성구와 미진은 이쪽을 향해 손을 흔드는 채로, 그리고 하늘은 지옥의 한 귀퉁이처럼 어두워져 갔다.

"⋯⋯!"

이게 준서가 말한 폐쇄 공간인가?

낯선 공포가 목을 감쌌다. 신우는 자신도 모르게 날카롭게 소리쳤다.

"안 돼!"

또 한 번 준서의 목소리가 들렸다.

—기다려. 꼭 돌아갈게.

"어디 있어?"

신우가 물었지만 대답은 돌아오지 않았다. 신우는 무릎에 얼굴을 묻어 버렸다.

저벅저벅.

모두가 정물이 되어 버린 공간에 발자국 소리가 들렸다. 발자국 소리는 플랫폼에 낮게 퍼졌다. 아케론은 시간이 멈춰버린 공간에 서서 깊은 상념에 잠겼다. 그러다가 혼잣말로 중얼거렸다.

"미리 말해 주지 못해 미안하다. 전장에서 잘 버텨주길 바란다."

준서를 두고 한 말이었다. 그때, 뒤에서 질문이 날아왔다.

"아저씨가 아케론이죠?"

예상치 못한 질문에 아케론은 당황하여 뒤를 돌아보았다. 벤치에는 예쁜 여학생이 앉아 있었다. 신우였다. 왜 이 여학생의 시간만 멈추지 않았는지, 아케론에게는 생각할 겨를도 주어지지 않았다. 신우의 질문이 이어졌기 때문이었다.

"준서 어디에 있어요?"

＊　　　＊　　　＊

팔각정 옆 공간이 EMP 폭탄을 설치하기에는 적당했다. 앤드류는 반군 요원들을 시켜, 혹시 사람이 없는지 확인했다. 불행인지 다행인지 서울의 랜드마크인 N타워에는 쥐새끼 한 마리 없었다. 앤드류는 서둘러 EMP 폭탄을 설치했다. 시간이 꽤 걸렸다. 앤드류의 이마에서 땀이 흘렀다.

"시간이 얼마나 남았냐?"

"세 시간 다 되어 가."

"젠장. 왜 이리 나사가 안 조여지는 거야?"

EMP 폭탄이 직접적인 파괴력을 가진 건 아니지만 이곳에 있을 수는 없었다. 엄청난 전자파가 발생하기 때문에 몸을 피해야 했다.

"준서야. 먼저 내려가라."

"왜?"

"마지막까지 확인하고 내려갈게."

"형이 길을 알아? 내가 확인할 테니 먼저 내려가."

앤드류가 잠시 머뭇거렸다. 준서가 재촉했다.

"형은 폭파 스위치도 조립해야 하잖아."

"알았어."

"저 아래 보이는 호텔 알지? 저기로 가 있어."

"알았어. 시간을 맞추자 5분 뒤에 폭파다."

준서는 앤드류와 시간을 맞췄다. 앤드류는 반군 요원들을 H호텔로 데려갔다. 신우의 외할머니가 대주주라던 바로 그 호텔이었다. 앤드류는 스카이라운지로 올라갔다. 전망이 가장 좋은 곳이기 때문이었다. 앤드류는 바로 폭파 스위치를 조립했다. 조립을 끝마친 앤드류는 철도 통제실로 보고했다.

"폭파 준비 완료!"

강신철이 무전을 받았다.

[수고했다. 이쪽도 열차를 출발시키겠다.]

앤드류는 준서에게도 확인했다.

"준서. 준비 됐어?"

준서도 응답했다.

"전선 연결 및 나사 조립 완료."

"오케이! 30초 후에 폭발할 테니. 빨리 빠져나와라."

"알았어."

앤드류는 폭파 스위치를 눌렀다.

번쩍!

남산 위쪽에 빛이 생겼다. 한가운데 생긴 빛이 점점 커지면서 납작하게 퍼져 나갔다. 둥근 원형이 아니라 원반 같은 모양이었다. 원반형의 빛은 멀리서 봐도 눈에 띌 정도로 커졌다. 그리고 서서히 회전하기 시작했다. 회전하는 황금빛 원반에서 불꽃 같은 붉은색 빛살이 뻗어 나오더니 서울의 상공을 내달렸다.

납작한 형태로 회전하는 다채로운 빛깔의 원반은 지름이 점점 더 늘어났다. 하늘과 산이 맞닿은 곳까지 뻗어 나갔다. 원반이 점점 더 빠르게 회전하다가 작은 소용돌이를 일으키는 순간, 번쩍하고 불꽃과 섬광이 하늘에 가득 찼다.

앤드류는 만족스러운 듯 감탄했다.

"장관이네."

그러나 준서는 하늘을 나는 기분에 빠져 들었다. 분명 30초 후에 폭발한다고 했었는데. 어떻게 된 거지? 예정보다 일찍 폭발하여 후폭풍을 맞은 건가? 준서의 몸은 100미터 높이까지 치솟았다.

'이런 젠장!'

허공에 솟구친 준서는 이상함을 느꼈다. 눈앞에서 어둠의 입자가 휙휙 지나갔기 때문이었다. 그리고 이상함 느낌을 주는 요인 중 하나는 속도감이었다. 일반적인 추락이면 이토록 빠르지는 않을 것이니까. 준서는 정신을 차리고 눈을 떠보았다. 눈앞에는 우주의 빛이 충만해 있었다. 그 순간, 곧바로 시간 이동을 하고 있음을 깨달았다. 이미 경험한 바가 있었기에.

'어디로 가는 거지?'

잠시 후에는 수많은 숫자와 좌표들이 눈앞에서 지나갔다. 준서는 2013년의 시공간을 완전히 빠져나가기 전에 신우를 생각했다.

'……기다려. 꼭 돌아갈게.'

첫 번째 공간 열차가 출발했다.

첫 번째 공간 열차는 밤의 어둠을 뚫고 타임 게이트 속으로 빨려 들어갔다.

Chapter 3
칠년전쟁에서의 생존

눈을 떴다.

전체적으로 어둡다. 사방이 회색 콘크리트 벽에 축축한 녹색 곰팡이가 끼어 있다. 그리고 닫혀 있는 창문과 철문 하나씩……. 빛이라고는 희미한 백열등이 전부인데, 그것마저도 전력이 약한지 자주 깜박였다. 그 작은 빛에도 눈이 시렸다.

"……윽!"

어느 정도 시간이 흐르고 몸을 일으키려 하자 복부와 등에서 심각한 통증이 밀려왔다.

'제길……. 많이 다친 모양이군.'

부상을 당하는 것도 이골이 난 것 같다.

통증은 맞은 무기에 따라 다르다. 처음에는 이를 구분할 수 없다. 검이든 창이든 그저 인두에 지진 듯한 열상(熱傷)만을 느낄 뿐이다.

하나 검상은 살이 에이는 통증을 주고, 창상은 뼈를 후벼 파는 통증을 준다.

불 보듯 뻔하다.

복부는 검에 베였을 터이고, 등은 창에 찔렸을 것이었다.

이러한 감각은 실전을 통해서만 익힐 수 있는 깨달음이며, 깨달음은 치열한 생존 게임에서 살아남은 자만이 얻을 수 있는 가치다. 억울한 일이겠지만 죽은 자에겐 그 깨달음마저 허락되질 않는다.

그것이 전장이다.

'그런데 여기는 어디지?'

천천히 방 안을 둘러보았다.

벽에 걸린 옷가지들이 이곳이 여자의 방이라고 말해 주고 있다.

다시 몸을 일으키려 했다.

순간 뒷골에 깨지는 듯한 통증이 일며 머릿속이 백지장처럼 하얗게 되어 갔다.

"……!"

기억이 없다.

아무것도 떠오르지 않는다.

대용량 EMP 폭탄을 터뜨리고 난 후, 엄청난 섬광이 덮친 것까지만 기억이 났다.

생각했다.

'그 뒤로 무슨 일이 일어난 걸까.'

＊　　　＊　　　＊

왼쪽으로 통나무를 덧댄 창문이 눈에 들어왔다. 틈 사이로 보이는 창밖이 뿌옇다. 몸을 추스를 수 있게 되자, 준서는 침대에서 빠져나와 창문을 열었다. 세상은 온통 하얀 눈 세상이었다. 팔짱을 끼고 창밖을 골똘히 쳐다보았다. 밖에는 세상을 지워 버릴 기세로 폭설이 내리고 있었다. 그 탓에 낮인데도 하늘은 잿빛이 짙었다.

처마에 달린 연통에서는 물이 똑똑 떨어졌다.

마치 지구의 시간과 날을 헤아리는 시계처럼…… 똑똑.

도대체 무엇이 잘못되었을까. 노력해 보았지만 역시 생각은 나질 않았다.

……젠장.

계단을 올라오는 사람의 기척에 준서는 철제 침대로 돌아와 누웠다.

"후우, 날이 점점 추워지네."

낯선 여자의 목소리. 이 방의 주인인가? 덜컹하고 철문이 밖에서 열리더니, 검정 가죽 재킷에 머리를 질끈 묶은 입은 여자가 방 안으로 들어왔다. 여자의 나이는 스무 살 초반? 어울리지 않게 기관총을 허리에 차고 손에는 랜턴을 들고 있었다.

"불이 꺼지지 않았어야 하는데."

여자의 행동은 매우 자연스러웠다.

여자의 행동이 자연스럽다는 것은 이 상황에 익숙하단 말이었고, 익숙하다는 것은 이 방에서 기거한 지 꽤 오래되었다는 뜻이리라.

"저런. 꺼졌네."

이 여자는 누굴까.

천천히 정황을 추측해 보았다.

"불이 꺼지려 하면 잔솔가지를 깡통 속에 넣으라고 했잖아요. 참, 말도 못 하는 분한테 나 뭐라는 거지?"

준서는 생각했다. 기억을 잃은 동안 무슨 일이 일어났던 걸까. 이 여자는 나를 벙어리나 바보로 취급하고 있다. 아니면 의식이 없는 환자로 보거나. 그러면서도 마치 대화를 하듯 말하고 있다.

준서는 여자의 행동을 가만히 지켜보았다.

"다시 불을 붙일 기름종이하고, 항생제를 가져와야겠어요. 요즘 혈색이 좋아진 걸 보니 효력이 있는 모양이에요. 그죠?"

치료를 했다는 얘기인데……. 이 여자가 날 살린 건가?

화르르.

여자는 능숙한 솜씨로 커다란 깡통 속에 모닥불을 되살려 놓았다. 그러자 방 안에 훈기가 꾸역꾸역 돌아왔다. 여자는 약간 수다스러웠다.

"지붕에 눈이 잔뜩 쌓였어요. 더러운 재가 섞이기 전에 식수로 써야 할 물을 받으러 나가야 해요. 곧 돌아올 테니 방 안에 꼭 있어요."

여자가 아래층으로 내려간 후, 준서는 방 안을 샅샅이 둘러보았다.

'무슨 단서라도 있을까?'

모든 물건이 깔끔하게 정돈되어 있었다. 그건 방 주인의 성격을 말해 주었다.

'여기서 얼마나 지낸 거지?'

궁금증은 생각보다 금방 풀렸다.

오래된 철제 책상 위에 놓인 치료 일지 때문이었다.

치료 일지를 펼쳐 들고는 꼼꼼히 살펴보았다. 치료 일지에는 지난 보름 동안 항생제를 투여한 내용이 적혀 있었다.

'보름이나 의식이 없었던 건가?'

보통 정성이 아니었다.

이로써 방 주인이 생명의 은인임을 짐작할 수 있었다.

'항생제를 쓴 걸 보니 염증을 치료하려 했던 모양인데…… 일단 큰 신세를 졌군.'

문득, 치료 일지에 적힌 년도를 보고는 준서는 깜짝 놀라고 말았다.

−2103년. 6월 30일.

"……이런."

지금이 2103년이라면, 대략 백 년에 가까운 시간이 지나버린 후다. 뭔가 크게 잘못되었다. 분명히 남산N타워에서 EMP 폭탄을 터뜨렸었다. 전자파 랩이 사라지며 타임 워프가 돼 버린 건지. 아니면, 후폭풍에 여기까지 날아와 버린 건지. 알 길이 없었다. 아케론도 이 사실을 몰랐을까? 모든 상황이 미스터리했다. 얼른 팔찌를 보았다. 모든 게 정상적으로 작동되는데 송수신 표시만 불가라고 나왔다. 이곳은 외부하고의 연락이 단절된 시공간이라는 얘기였다. 내가 살던 2013년은 어찌 되었을까. 연맹 기갑부대의 공격에서 안전할까.

'아빠와 누나는, 신우는……'

머릿속 회로가 엉켜 버린 것처럼 혼란스러웠다.

그때였다.

"싫어."

아래층 복도에서 또 다른 누군가의 음성이 들려왔다. 이번에는 남자였다.

"애꾸눈 칸의 요구라 무조건 들어줘야 한단 말이지."

"오늘 저녁까진 무리야."

"제냐. 난 죽어. 놈들한테."

제냐. 여자의 이름인 모양이다. 기억해 두자. 두 남녀의 심각한 대화가 들렸고, 그들은 이쪽 방으로 걸어오고 있었다. 계단을 올라온 두 사람이 방 안으로 들어서는데, 여자는 아까 본, 이름이 제냐? 그 여자였고, 얼굴에 칼자국이 있는 사내는 서른 초반으로 보였다.

제냐는 칼자국 사내에게 톡 쏘아붙이는 어조로 말했다.

"내 알 바 아니잖아?"

"정말 이러기야?"

그들이 누구든, 몸은 반사적으로 경계하는 행동을 취했다. 준서는 의식이 돌아온 사실을 감추기 위해 애써 무심한 표정으로 누워 있었다. 아무것도 구분할 수 없는 상황에선 일단 자신을 숨기는 게 당연했다. 시키지도 않았는데 본능적으로 그리되었다.

그제야 생각보다 몸이 일찍 반응한다는 사실을 깨달았다.

'나는 전사였나?'

사내의 왼쪽 뺨에 난 칼자국이 길게 일그러졌다.

"천공 시민권 열 개짜리 거래야."

무슨 일인지 제냐의 얼굴엔 짜증이 가득했다.

"너를 어떻게 믿고? 언제 뒤통수를 칠지 모르는데."

"좋아. 6:4로 나눠. 제냐 6, 나 4."

"생각해 볼게."

칼자국 사내가 준서를 턱으로 가리키며 우려했다.

"그리고 이자는 언제까지 여기에 둘 생각이야? 벌써 보름째 아냐?"

"의식을 잃어버린 사람이잖아."

칼자국 사내는 제냐를 걱정하고, 제냐는 준서를 걱정하고 있었다. 칼자국 사내가 어쭙잖은 농담을 했다.

"사내가 필요하면 나한테 말을 하지."

제냐는 앙칼지게 반응했다.

"쓸데없는 소리하면 머리통을 날려 주겠어."

"하하. 알았어. 성질하고는."

"한번 봐줄 테니까 꺼져."

"알았으니 빨리 가짜 시민권을 만들어 놓으라고. 저녁에 다시 올게."

제냐의 직업은 가짜 천공 시민권, 즉 천공 도시에서 살 수 있는 권리증을 위조하는 일이었다. 물론 그것을 가지고 천공 도시에서 살 수 있는 건 아니었다. 가짜 시민권을 필요로 하는 자들은 대부분 천공 도시에 들어가 불법 거래를 하는 상인들이었다. 물론 그 자체가 꿈인 사람도 있겠지. 천공 도시……

칼자국 사내가 나가자, 제냐는 침상 모서리에 걸터앉아 긴 한숨을 내쉬었다.

"젠장. 이 신세는 언제 면하는 거야?"

＊　　　＊　　　＊

제냐는 검정 재킷을 벗고는 쇠꼬챙이로 말아 올렸던 머리를 풀어헤쳤다.

윤기 나는 아름다운 흑발이었다.

재킷 안에는 가슴 라인이 고스란히 드러나는 검정 민소매를 입었는데, 그것은 그녀의 얼굴을 더욱 희게 만들어 주었다. 제냐는 거침없이 옷을 갈아입었다. 말과 차림새는 거친 면이 있지만 막돼 보이지는 않는 여자였다. 이런 여자가 자연스럽게 옷을 갈아입을 정도라면, 이 상황에 익숙해진 상태이고, 또한 자신을 정상인으로 보지 않는다는 반증이었다. 물어보고 싶은 것이 많았지만, 준서는 조용히 입을 다물었다. 말을 붙이기엔 상황이 적절하지 못했기에.

'나서지 않는 것이 좋겠군.'

옷을 갈아입다가, 그녀가 불쑥 고개를 돌렸다.

"당신 말이죠."

흠칫.

난데없이 던지는 말에 준서는 내심 살짝 놀라고 말았다. 제냐의 말투가 마치 정상인을 대하는 듯했기 때문이었다. 의식이 돌아온 걸 알았나? 어떻게 대처해야 할지 잠시 망설이는 순간, 제냐의 행동은 그저 습관적이라는 걸 알 수 있었다. 그녀는 준서의 상처를 매만지며 말했다.

"상처를 보면 당신의 과거를 알 수 있을 것 같아요."

제냐는 이미 그것이 각종 병기에 베인 상처 자국임을 알고 있는 듯했다.

"아주 오래된 상처지요. 검에 베인 걸까요? 이건 최근에 난 상처예요. 인두 같은 것에 지진 화상 자국이죠. 생각만 해도 너무 끔찍한 일 같아요. 내가 의사라면 치료해 줄 수 있을 텐데. 당신은 뭐하는 사람이었을까요?"

더 이상 침묵하고 있을 순 없었다.

의식이 돌아온 걸 알리는 게 예의라고 생각했다. 하여 윗몸을 일으키며 제냐의 궁금증을 풀어 주었다.

"사선으로 비낀 상처는 검에 벤 것이고, 푹 팬 듯한 상처는 창에 찔린 것. 그리고 부채꼴로 벌어진 것은 도에 맞은 자국이야."

"어맛!"

예상치 못했던 상황에 제냐는 소스라치게 놀라며 의자로 물러앉았다. 동시에 이쪽을 쳐다보았는데, 그녀의 표정과 눈빛이 많이 달라져 있었다. 넋이 나간 듯 멍한 표정으로 항상 창밖을 주시하던 사람이 아니란 걸 깨달은 모양이었다.

"놀랐잖아요."

제냐는 놀란 가슴을 진정시키려는 듯, 가슴을 쓸어내리며 물었다.

"언제 의식이 돌아왔어요?"

준서는 담담하게 대답했다.

"좀 전에."

"좀 전이라면……."

잠시 뭔가를 생각하던 제냐의 얼굴이 금세 붉게 달아올랐다. 내색을 하지 않았으니, 그것도 모르고 옷을 갈아입은 일이며, 넋두리하듯 속내까지 털어놓은 일 등이 마음에 걸리는 것이리라.

제냐는 마치 뭇 사내에게 치부를 보인 것 같은 표정을 지으며 말했다.

"나쁘네요."

"일부러 그런 건 아니야. 정황을 알아볼 필요가 있었어. 그래서 의식이 돌아오지 않은 척한 것이니 잊어 버려. 본 것도 들은 것도 없는 척해야 한다는 것 정도는 알고 있으니."

준서는 무례하게 굴지 않았다.

그러나 자신의 말투가 왜 이리 까칠한지 조금 당황스러웠다. 제냐는 양 볼을 어루만지며 놀란 마음을 가라앉히려 했다. 그녀를 이해시켜야 할 것 같았다. 그래서 준서는 자신이 처한 상황을 있는 그대로 말해 주었다.

"의식을 되찾았지만, 지난 일이 기억나질 않아. 어디서 뭘 했는지, 아무것도…… 아무래도 기억을 잃어버린 모양이야."

그제야 제냐가 숨을 돌리며 물었다.

"아무것도 말이죠?"

준서는 묵묵히 고개를 끄덕였다.

"내가 어떤 검을 지녔다는 것과 아주 처절한 싸움을 했던 것 외엔 기억나지 않아."

"네, 그렇군요."

제냐는 준서의 상태를 대충 짐작하는 것 같았다.

의식은 돌아왔으나 기억이 회복되지 않은 것을 말이다.

준서가 물었다.

"당신 혹시 내가 누군지 아나?"

"아뇨, 몰라요."

그녀는 준서를 모른다고 대답했다.

그때, 아주 짧은 순간 그녀의 눈빛이 흔들린 것 같았는데, 대수롭지 않게 넘어갔다. 세세한 것까지 신경 쓸 마음의 여유가 없었던 것이다.

"전혀 몰라요. 강기슭에서 발견한 건 빼고. 제가 거의 죽어 가는 걸살린 거라고요. 그러니까 나는 당신의 생명의 은인이에요."

제냐는 생명의 은인이라는 말을 강조했다.

"고마워. 하지만 당신에게 감사하고 있을 시간이 없어. 내 검은 어디 있지?"

제냐는 서랍 밑에서 군도를 꺼내 주었다.

준서는 군도를 머리맡에 두고 팔찌를 조작하여 몇 글자를 입력했다. 결과는 충격적이었다.

－신체 나이: 25세.

스물다섯 살이 된 건가? 그렇다면 왜 지난 칠 년의 기억이 없지?

준서가 말했다.

"한 가지 묻고 싶은 것이 있어."

"물어봐요."

"내가 이곳에 오기 전까지는 열여덟 살이었어. 지금은 스물다섯 살이 되었군. 그런데 아무런 기억이 없어. 칠 년이 짧은 시간도 아닌데 말이야. 칠 년 동안 여기서 무슨 일이 일어난 거지?"

제냐는 화들짝 놀란 표정을 지었다.

"칠년 전에 온 것 같다고요?"

"어."

그러고는 머리를 두 손으로 감싸며 소리쳤다.

"맙소사! 그럴 리가 없어요!"

"뭔가 알고 있군. 말해 봐. 무슨 일이 있었는지."

"칠년전쟁이 있었어요. 4대 곡물 메이저의 단합을 막으려고 반군들이 전쟁을 일으켰죠."

준서는 몸에 난 상처들을 내려다보았다.

"이 상처가 그 전쟁에 참가하여 얻은 건가?"

제냐는 얼른 고개를 끄덕였다.

"그런 거 같아요."

"그랬군. 한데 왜 그리 놀라지?"

"결과적으로는 반군이 패배했고, 기록상으로는 생존자가 한 명도 없었거든요. 만약, 사실이라면, 당신이 유일한 생존자가 되는 거예요. 그러니 놀랄 수밖에요."

칠년전쟁의 유일한 생존자?

　　　　　*　　　*　　　*

　밤이 찾아오자 잿빛으로 서 있는 도시의 형체가 보였다. 마치 숯으
로 스케치를 해 놓은 것처럼 칙칙했다. 콘크리트 길들이 멀리 암흑을
배경으로 거대한 유령의 옷자락처럼 이어져 있었다.

　"저긴 어디지?"

　제냐는 가짜 시민권을 만들 잉크를 섞으며 대답했다.

　"다운타운이요."

　시선을 당겨 주변을 살폈다. 강 쪽으로 기차역 비슷하게 보이는 낯
익은 건물이 보였다.

　"저건 뭐지?"

　"오래된 기차역이에요. 기차가 다니지 않은 지 오래 되었어요. 우
리 할머니 때까지는 다녔다던가?"

　기차역이라고? 왠지 전부터 알고 있었던 기차역 같은 불안한 느낌
에 말끝을 흐렸다.

　"역 이름이……."

　"한남역이에요."

　그랬군. 그래서 낯이 익었었군. 준서는 사방을 둘러보았다. 오래전
의 기억이 선명하게 떠올랐다. 멋지게도 맑게 갠 날, 가방을 맨 학생
들이 가득했던 언덕길, 봄꽃들이 흐드러지게 핀 교정, 신우와 같이 갔
던 작은 분식집……. 그러나 기억 속의 건물들은 흔적조차 남아 있질
않았다.

　'지금이 2103년이면…… 남아 있는 게 오히려 이상하겠지.'

첫 키스를 했던 날인가? 쫄면을 먹고 나와서 올려다본 하늘에는 별이 가득하였었는데 지금은 우중충한 잿빛 하늘뿐이었다. 그나마 폐허가 된 건물도 아예 바뀐 것 같았다.

분식집에서 나와 신우가 물었던 것으로 기억한다.

　　—우리도 늙겠지?

워낙 막연했던 질문이라, '아마도'라고 대답했던 것 같았다. 그때, '아마도'는 최선이었다. 미래라는 건 한 치 앞을 알 수 없는 거니까.

그날의 일을 생각하니 고개가 저절로 수그러졌다.

'첫 키스를 했었는데.'

신우의 입술은 아기의 살처럼 부드러웠고, 게다가 좋은 향기도 났었다. 그때, 눈동자 속에 봉인했던 신우의 모습이 자연스럽게 떠올랐다. 가장 아름답고 눈이 부셨던 열여덟 살의 신우. 결코 잊을 수 없는 순간이었다. 어쩌면 영원히 돌아오지 못할 시간이라고 생각하자, 마음이 찢어질 듯 아파 왔다.

보고 싶다.

신우는 아직 2013년에 있는 걸까. 아니면 알 수 없는 시공간에 있는 걸까.

칠 년이 지나 버린 지금은 어디 있을까.

언젠가 신우가 말했었다.

　　—우리 꿈에서 볼까?

그리고 찾아간다고 대답했었다.

—찾아갈게.

—꼭!

돌이켜보면, 신우는 '꼭'이란 말을 자주 썼던 것 같다. 마치 이런 이별을 예상했던 것처럼.

'이렇게 떨어져 있을 줄 알았었어? 그래서 그렇게 다짐해 두고 싶었던 거야?'

또 한 번 마음이 찢어질 듯 아팠다. 어지러워 서 있기도 힘들었기에 준서는 침대를 찾았다.

"좀 자야겠어."

제냐는 약간 건조한 목소리로 말했다.

"그래요. 푹 자요."

*   *   *

어둠 속에서 침대에 홀로 누워 있으니, 두려움이 생길 정도로 낯설었다.

신우의 꿈을 꾸었다.

악몽이었다.

미친 아귀들 틈에 앉아 있는 신우가 보였다. 교복을 입은 채였다.

놈들은 신우의 주변을 맴돌며 처참한 비명을 내질렀다.

신우는 두려움에 흔들리는 슬픈 눈동자로 자신을 보고 있었다.

그리고 이렇게 말하고 있었다. 그 슬픈 눈동자로······.

—구해줘.

소리쳤다.

—기다려. 내가 갈게.

손에는 군도가 아닌 둔중한 쇠망치가 들려 있었다.

—저리가! 꺼져!

준서는 미친 듯이 아귀들을 쫓아다녔지만, 아귀들은 자신을 비웃듯이 이리저리 피해 다녔다. 얼마나 쫓아다녔을까. 너무도 지쳐 그 자리에 주저앉고 말았다. 마구 뒤섞인 아귀들은 어느새 지옥의 개로 변해 있었다. 붉은 개와 검은 개, 두 패로 나뉜 지옥의 개들은 자신의 죽음을 기다리는 것 같았다. 손에 잡히는 대로 집어던졌다.

—죽어!

뼈······

손에 잡힌 것은 마른 뼈였다.

신우가 앉아 있는 자리를 내려다보았다.

두개골, 요골, 수만 개의 뼈를 깔고 앉아 있는 것이 아닌가. 그것은 시체들의 섬이었다. 마른 뼈들은 무시무시한 붉은 눈으로 자신을 노려보고 있었다.

으아아아!

잠시 잠이 든 것 같았는데 벌써 저녁이 되었다.

준서는 약간 시끄러운 소리에 잠에서 깼다. 악몽 탓인지 몸에는 땀이 범벅이었다. 눈을 가늘게 떠 보았다. 아까 본 칼자국 사내가 찾아와 제냐에게 보채고 있었다. 제냐는 들은 척도 하지 않고 가짜 시민권 만드는 일에 열중했다.

"빨리 좀 서두르면 안 돼? 지금 내 목이 날아가게 생겼단 말이야."

"내 목도 아닌데 무슨 상관이람?"

"정말 이러기야? 오랜 사업 파트너인데 옛정을 봐서라도 이러면 안 되지."

제냐의 반응은 시큰둥했다.

"네가 떼먹은 돈만 갚으면 그 옛정이 살아날 것도 같아."

칼자국 사내는 금세 빚쟁이 같은 얼굴을 했다.

"갚을게. 그건 내가 정말 실수했어."

그때였다. 덜컹. 철문이 열리며 호피 털옷을 입은 거대한 덩치 둘이 안으로 들어왔다. 하나는 대머리였고, 하는 더벅머리였다. 둘은 머리를 숙이고 철문을 들어올 정도로 키가 워낙 컸다. 호피 털옷에는 눈이 잔뜩 묻어 있었다. 칼자국 사내가 서슬이 퍼래져서 대머리 덩치에게 변명을 하려 했다. 그러나 말을 떼기도 전에 대머리 덩치는 칼자국 사내의 목을 움켜쥐었다.

"쥐새끼 같은 놈."

"컥."

"지금 나를 놀리는 거냐?"

칼자국 사내가 제냐를 가리켰다.

"오, 오늘 밤까지는 된다니깐. 컥컥. 지금 작업하고 있잖아."

"오홍, 이 계집애가 기술자였군."

제냐가 칼자국 사내를 보며 미간을 찌푸렸다.

"개자식."

"미안."

"계집애 이리 와 봐."

대머리 덩치가 제냐의 허리띠를 끌어당겼다. 제냐가 발버둥을 쳤지만 대머리 덩치의 완력을 당해낼 순 없었다. 제냐는 힘없이 끌려갔다. 대머리 덩치가 머리를 숙이자 너무 가까워 뺨이 닿을 듯했다. 제냐는 징그러운 듯 인상을 썼다. 놈은 음흉한 눈길로 제냐의 얼굴을 훑어보며 말했다.

"여자인 줄은 몰랐군. 게다가 예쁜 여자. 쩝쩝."

"이거 놔주지?"

"시민권이 다 되었다면 놔주마."

그때였다. 준서가 짜증 난다는 듯 시트를 걷으며 상체를 일으켰다. 그리고 주전자의 물을 벌컥벌컥 들이마셨다.

"시끄러워서 잠을 못 자겠군."

대머리 덩치가 턱만 들어 돌아보았다.

"넌 또 뭐냐. 처음 보는 놈인데?"

준서는 입가에 묻은 물을 닦으며 말했다.

"너 때문에 잠을 잘 수가 없잖아. 좀 조용하지 그래."

"그렇게 까불다간 이 계집이 죽는다."

준서는 시트를 머리끝까지 덮으며 다시 누웠다.

"빨리 죽이고 꺼져. 잠 좀 자게."

대머리 덩치는 자기의 협박이 먹히질 않자 당황스러운 표정으로 되물었다.

"죽이라고?"

"그래. 대신 한 번만 더 잠을 깨면, 죽는 건 그 여자가 아니라 네놈이야."

"이런 건방진 녀석!"

휘잉. 대머리 덩치가 큰바람을 일으키며 침대를 향해 주먹을 날렸다. 엄청난 근육에 커다란 주먹. 맞으면 뼈가 부서질 것 같은 파워였다. 우지직하고 철제 침대가 박살이 났다. 그러나 준서는 침대에 없었다. 대머리 덩치는 자신의 등 뒤로 내려서는 준서를 느끼고는 화들짝 놀란 표정을 지었다.

"음?"

준서는 뒤에서 손가락 두 개로 대머리 덩치의 쇄골을 눌렀다. 가볍게 누른 것 같았는데, 놀랍게도 대머리 덩치는 옴짝달싹 못 했다. 제냐는 두 눈을 비벼 보았다. 눈앞에서 벌어졌지만, 워낙 빨라 준서의 움직임을 제대로 보지 못했기 때문이었다. 뭐지, 이 사람? 준서는 상대를 압도하는 위압적인 목소리로 말했다.

"깨우지 말라고 했지."

"으으."

"말귀를 못 알아듣나?"

우둑. 준서가 두 손가락에 힘을 주자 대머리 덩치의 쇄골 뼈가 부러졌다. 놈은 목을 쥐며 앞으로 쓰러져 고통에 몸부림쳤다.

"아악!"

더벅머리가 어떤 조치를 취하기 전에 준서는 정강이를 슬쩍 걷어찼다. 말이 그렇지, 정강이에 금이 갔을 것이었다. 더벅머리는 비명을 지르며 바닥에 나뒹굴었다.

"끄악!"

"꺼져."

두 놈은 서로를 부축하여 줄행랑을 치고 말았다. 칼자국 사내는 그보다 더 빨리 도망친 후였다.

준서는 부서진 철제 침대를 내려다보며 말했다.

"더 자긴 틀렸군."

                    *   *   *

제냐의 표정이 좋질 않았다. 좀 전에 죽이라고 한 말 때문이었다. 제냐는 뾰루퉁한 얼굴로 준서를 노려보았다.

"이봐요. 정말 죽였을 거라고요."

준서는 짧게 부인했다.

"그럴 일 없어."

"쟤들이 누구 부하인 줄 알아요? 애꾸눈 칸의 부하라고요. 참고로 애꾸눈 칸은 메트로 시티에서 세 번째로 큰 조직의 대장이죠."

당최 무슨 말을 하는지 알 길이 없었다.

"신세를 졌으니 당신을 죽도록 놔두진 않았을 거야. 상대가 그 누구든."

"말만 들으면, 당신이 세상에서 제일 강한 전사라고 해도 믿겠네요."

그럴지도 모른다고 생각했다. 어렴풋하게나마 치열하게 싸웠던 기억밖에 남아 있질 않으니까. 그 말에 아케론이 떠올랐다. 그는 어디에 있을까. 연락만 할 수 있다면 여기서 벗어날 방법을 찾을 수 있을 텐데. 대꾸를 하지 않자 제냐는 혼자 중얼거렸다.

"하긴, 그럴 일은 없지."

준서는 제냐의 혼잣말에는 대꾸하지 않고 물었다.

"여기는 왜 타임 워프가 되질 않지?"

제냐가 잉크 뚜껑을 닫으며 대답했다.

"중간 벽 때문이에요. 연맹이 그렇게 만들었어요. 타임 게이트가 완벽하게 고립된 시공간이죠. 한마디로 지옥이라고요."

중간 벽(middle block)은 연맹이 시간 평면 이동을 막기 위해 만들어놓은 장치였다.

"아니, 완벽하지 않은 거 같아. 내가 오게 된 걸 보면."

제냐가 고개를 갸웃거렸다.

"어. 듣고 보니 그러네요. 어떻게 뚫렸지?"

"그거에 대해 잘 아는 사람 없을까?"

"있어요. 하지만 만나긴 어려울 거예요."

"안내해 줄 수 있겠어?"

제냐가 생각한 인물은 주정뱅이 헨드릭스란 자였다. 항상 술에 찌들어 있지만, 시공간의 비밀을 알고 있는 유일한 인물. 그러나 그는 메트로 시티 최대 범죄 조직이 보호하고 있어 제냐는 고개를 완강히 저었다.

"지하철로 가자고요? 위험한 일이에요. 나는 그런 일에 목숨 걸고 싶지 않다고요."

지하철? 거기는 또 어디지? 낯선 시공간이라 모르는 게 너무 많았다. 어떻게 해야 할지 고민하던 차에 팔찌에 진동이 느껴졌다. 준서는 액정 화면을 확인했다. 모니터에 미리 입력된 듯한 메시지가 떠 있었다.

[주정뱅이 헨드릭스를 찾아라.]

이 메시지는 누가 언제 보냈을까. 여기서 벌어지는 일은 죄다 의문투성이다.

"그자의 이름이 헨드릭스인가?"

제냐는 거짓말을 하지 못했다. 그녀는 눈을 동그랗게 뜨고 준서를 쳐다보았다.

"어떻게 알았어요?"

준서는 벽에 걸려 있는 롱 코트를 걸치고, 등에 군도를 찼다.

"알았어. 신세는 한 번 진 걸로 하지."

"지금 밖에 나가려고요?"

준서는 왜 안 되냐는 표정으로 한번 힐끔 쳐다보고는 철문을 열고 나갔다. 밖에는 아직도 폭설이 내리고 있었다. 폭설에는 시커먼 재가 섞여 있었다. 천공 도시의 배기구에서 나오는 재였다. 그 재를 맞기 싫은 듯 제냐는 방수포를 머리까지 덮어쓰고 따라 나왔다.

"어디 가요. 밖에는 무인 정찰 시스템이 가동되고 있어요. 코드 없는 사람이 돌아다니다가는 곧바로 TK—10이 출동한다고요."

"어디에서?"

제냐는 손가락으로 잿빛 하늘을 가리켰다.

"저기요."

하늘의 색은 묘했다. 몇 겹으로 층을 이룬 낮은 잿빛 구름 위로 흐릿하게 오렌지색 빛이 어른거렸다.

"구름 너머에 천공 도시가 있어요. 일 년에 십일 정도? 날씨가 좋은 날 보여요."

길이 낯설지 않았다. 신우와 같이 걷던 한남동 가로수 길이었다. 주변 풍광이 몰라보도록 변했지만, 흔적은 여전히 남아 있었다. 제냐는 잠시 머뭇거리는 듯한 눈빛으로 준서를 쳐다보았다. 마치 이쪽의 길은 잘 알고 있는 듯 걸음이 거침없었기 때문이었다.

제냐는 종종걸음으로 준서에게 따라붙으며 물었다.

"처음 가보는 길 아니에요?"

"응."

"언제 와 봤어요?"

"백 년 전에."

"헐. 대박."

거리의 전체적인 느낌은 한남동 사거리와 같았다. 바람을 맞으며 이 길을 걷다 보면, 너무도 그리운 신우와 만날 것만 같았다. 그러나 이전과는 달랐다. 그 자리에는 더운 수증기가 피어오르는 개천이 흘렀고, 그 옆으로 수상 가옥 비슷한 허름한 집들이 다닥다닥 붙어 있었다.

멀리서 봤을 때엔 그럴듯한 천변(川邊) 풍경으로 봤는데, 가까이 와서 보니 생각하고는 거리가 멀었다. 물은 매캐한 유황 냄새가 섞인 오염된 물이었고, 집은 나무 기둥에 거적을 대충 두른 것이 전부였다. 누더기를 걸친 아낙들이 그 물에 빨래를 하는 것이 보였다.

"왜 물 색깔이 누렇지?"

"천공 도시의 배수구에서 나오는 오염된 물이라서요."

"왜 이런 데서 살지?"

"연료가 없어도 따뜻하게 지낼 수 있으니까요. 하지만 피부병에 걸리거나 몸에 기형이 발생하죠."

"그걸 알고도 여기 사나?"

"네. 그래야 여섯 달이라도 더 살거든요. 아니면 얼어 죽거나 굶어 죽거나, 둘 중 하나예요."

굽은 길을 돌아가는데 건너편에서 작은 사람의 형체가 보였다. 아이들이었다. 아이들은 낡은 군용 담요나 거적을 덮고서는 경계의 눈으로 이쪽을 바라보고 있었다. 얼굴에는 더러운 수건을 묶고서. 그 수건에서 나는 냄새는 아마도 끔찍할 것이었다. 익숙한 듯 제냐는 돌아보지 않고 앞으로 나아갔다. 준서 또한 제냐의 뒤를 따랐다. 거적 사이로 퀭한 아이들의 눈동자가 낯선 이방인을 좇았다.

Chapter 4
낯선 이방인

제냐를 따라가니 처참한 마을이 나왔다. 마을은 대체로 흙과 돌로 이루어져 있었다. 흙으로 빚어 만든 교회당, 돌로 대충 쌓은 망루, 녹은 눈에 물컹거리는 진창길, 모든 것이 사람이 사는 환경이라고는 볼 수 없을 정도로 처참했다.

컹컹!

골목길에서 피부병에 걸린 잡종 개 한 마리가 낯선 이방인을 향해 짖더니 골목길로 슬금슬금 달아났다.

뎅그렁.

세월에 쓸려 녹슨 교회종이 나직하게 울렸다.

준서는 고개를 슬쩍 들어 교회의 종을 쳐다보았다.

'어울리지 않는군.'

여기도 신을 믿는 사람이 있을지 의문이었다.

교회의 종을 치는 것은 그저 오래된 습관에 지나지 않을까 싶었다.

'내가 살던 곳에도 신은 있었지.'

수송 헬기를 타고 서울 상공을 날 때, 밤하늘을 밝히고 있는 붉은 십자가들을 본 적이 있었다. 거기에 넝마처럼 걸려 있는 신(神)들에게 애원하지 않았던가. 우리를 구해 달라고…….

'그러나 그런 일은 결코 일어나지 않았었지.'

천공 도시에서 배출한 매연으로 공기는 묵직하고 탁했다. 문간 옆에는 노인과 아이들이 구걸의 눈빛을 보냈다. 잠시 지켜보자 제냐가 팔을 잡아당겼다.

"그냥 지나쳐요."

"……."

처참한 마을을 지나자 시장이 나왔다. 기둥을 세우고 천막으로 가려 놓은 것이 상점의 전부였다. 여전히 검은 재가 섞인 폭설이 내렸지만, 천공 도시의 배수구에서 나온 뜨거운 열기 때문에 눈은 땅에 닿기도 전에 녹았다. 어쩌면 이래서 시장이 이곳에 열리는지도 몰랐다.

시장 안은 제법 활기찼다.

사람들이 외치는 소리, 동물들의 울음소리, 종소리 등 각종 소리가 들렸고, 과일류, 곡류, 육류, 의류, 약품 등을 파는 상인들이 늘어서 호객을 했다.

"과일 있어요. 오늘 막 들어온 과일이에요."

"제7곡창지대 산(産)입니다. 맛만 보세요."

그 옆 작은 공터에는 불을 뿜는 사람, 칼을 삼키는 사람, 칼춤을 추거나 곡예를 하는 사람 등 각종 볼거리가 많았다.

"과일은 진짜인가?"

"진짜는 거의 없어요. 대부분 천공 도시의 뒷구멍으로 흘러나온 것들이죠. 상했거나 물러터진 것들. 그래도 알약보다는 나아요."

"육류는?"

"유전자 콩을 가공한 가짜예요."

"그래도 사람 사는 데 같군."

"항상 이면을 봐야죠."

제냐는 준서를 다시 시장 뒷골목으로 데려갔다. 뒷골목에 펼쳐진 참상이 적나라하게 시야에 꽂혔다. 온몸에 파상풍이 돋아 버려져 있는 사람들, 가끔 숨을 헐떡이며 퀭한 눈으로 허공을 주시하는 사람들, 며칠을 굶었는지 뼈밖에 남지 않은 아이들, 그런 풍경들이 눈에 들어왔다.

"이게 진실이에요. 변하지 않는 진실."

어쩌다가 이 지경까지 되었을까.

더 처참한 것은 두세 명씩 모여 초점 없는 눈으로 우두커니 서 있는 소녀들이었다. 쇠사슬에 묶여 있는 소녀들도 있었고, 등에 채찍자국이 벌겋게 난 소녀도 있었다. 아이들의 얼굴은 눈물, 피, 먼지가 엉겨붙어 차마 인간이라 말할 수 없을 정도였다.

제냐가 쇠사슬에 묶여 있는 소녀들을 힐긋 쳐다보았다.

"천공 도시에 노예로 팔려 갈 아이들이에요."

준서는 눈길도 주지 않고 지나쳐 걸었다. 잠깐 뒤처진 제냐가 종종걸음으로 쫓아갔다.

"사람이 왜 그래요?"

"뭘."

"말을 했으면 무슨 반응이 있어야죠."

"안 물어봤어. 나불거린 건 그쪽 아닌가?"

쿨럭. 나불거리다니.

"당신, 차가운 남자군요!"

"아니라도 내가 할 일은 없어."

어쩐 일로 제냐가 순순히 받아들였다.

"맞아요. 우리가 할 일은 없죠. 그래서 짜증 나지만."

그때였다. 여인의 울부짖는 소리와 사람들이 웅성대는 소리가 뒤섞여 들려왔다. 준서는 소리가 난 쪽을 돌아보았다. 낡은 옷을 걸친 중년 여인이 한 노예 상인의 팔을 잡고 애원하고 있었다.

"제발 부탁합니다. 제 딸은 아무것도 모르는 아직 어린애입니다. 차라리 저를 데리고 가십시오."

"이거 놓지 못해! 내가 산 것은 네가 아니라 네 딸이야."

노예 상인은 소녀를 쇠창살로 엮어진 수레에 실으려 했다. 소녀는 눈물을 흘리며 중년 여인 쪽으로 손을 뻗었다.

"엄마! 엄마!"

중년 여인은 딸을 포기하지 않았다.

"그 어린 것이 어디 가서 무엇을 하겠습니까."

"아니. 이년이 정말 귀찮게 구네."

노예 상인이 중년 여인의 가슴패기를 발로 걷어찼다. 중년 여인은 땅바닥에 나뒹굴며 입에 흰 거품을 물었다. 소녀는 노예 상인의 억센 손을 뿌리치고는 중년 여인에게 달려갔다.

"엄마!"

약간 다혈질인 제냐의 가슴은 분노로 뒤범벅이 되었다. 얼굴도 심하게 떨렸다. 참다못한 제냐가 노예 상인에게 소리쳤다.

"야, 그만두지 못해!"

노예 상인이 험상궂은 얼굴로 제냐 쪽으로 몸을 돌렸다.

"넌 뭐하는 계집이냐?"

"됐고. 이게 불법인 줄은 알지?"

"제기랄, 여기 법 지켜 가면서 사는 놈 있어? 연맹 놈들이라면 이가 갈리는데."

준서가 노예 상인에게 물었다.

"이 소녀의 몸값이 얼만가."

노예 상인이 손가락 세 개를 척 펴보였다.

"300루피."

"팔겠나?"

"하하. 가격만 맞으면 우리야 당연히 팔지."

준서는 소녀의 손목을 잡고 말했다.

"가자."

그러자 노예 상인이 어처구니가 없는 표정으로 물었다.

"이봐, 돈을 내고 가야지?"

준서는 짧게 대답했다.

"살려준 대가."

"뭐?"

"네 목숨이 300루피는 넘을 거야. 그렇지?"

"그거야 당연하지."

섣불리 대답했던 노예 상인이 정신을 차리려는 듯 고개를 절레절레 흔들었다.

"아니지. 그게 아니지. 그렇다면 목숨을 살려준 거로 퉁치자는 얘기였어?"

"그런 얘기야."

"이런, 빌어먹을 놈이!"

노예 상인이 허리춤에 찼던 굽어진 칼을 빼 들었다. 준서는 자신도 모르게 눈에 살기를 내뿜었다. 불쌍한 사람들의 등골을 파먹는 놈. 이런 놈을 살려 둘 가치가 있을까? 노예 상인이 휘두른 칼이 목과 어깨 사이를 아슬아슬하게 스쳤다. 소녀의 손목을 뒤로 잡아챔과 동시에 군도로 노예 상인의 가슴을 베어 버렸다. 노예 상인은 짧은 비명조차 지르지 못하고 진창에 머리를 처박았다. 구경꾼들이 순식간에 모여들었다. 거기서 끝이 난 게 아니었다. 준서는 노예 상인의 목을 군도로 내리쳤다.

팩!

그리고 뎅겅 잘린 머리를 잡아 들었다.

'헉!'

제냐는 준서의 잔인한 행동에 너무 놀라 한 손으로 입을 막았다. 구경꾼들 사이에서는 두려움에 찬 신음이 새어 나왔다.

"으으."

이 땅에도 신은 없는 게 분명했다.

준서는 노예 상인의 머리를 놈이 가져온 마차의 쇠창살 꼭대기에 내걸었다. 경고의 의미였다. 몸통을 잃어버린 노예 상인은 화들짝 놀란 눈으로 잿빛 하늘을 응시했다.

쩔렁.

준서는 노예 상인의 허리춤에서 꺼낸 열쇠를 쇠사슬에 묶인 소녀들 앞에 던져 주었다.

"집으로 돌아가라."

그리하고는 돌아섰다. 제냐가 잰걸음으로 쫓아오며 물었다.

"너무 잔인했던 거 아니에요?"

"경고는 잔인할수록 잘 통해."

"누가 그래요?"

"전쟁의 잔혹함이 날 가르쳤지."

"헐."

준서가 돌연 발걸음을 멈추고 제냐를 압박했다.

"주정뱅이 헨드릭스는?"

제냐는 약간 움찔하며 대답했다.

"선술집에 가야 정보를 얻을 수 있어요."

"거기가 어딘데?"

*   *   *

'사냥꾼의 오두막'이란 이름의 선술집은 강가 언덕의 끝에 있었다. 역이 잘 보이는 쪽이었다. 술집 안에는 꽤나 거칠어 보이는 사내들이 테이블을 차지하고 있었다.

늙은 바텐더가 제냐를 반겼다.

"제냐, 오랜만이군. 역시 럼주인가?"

"네. 세르게이는요?"

세르게이는 칼자국 사내의 이름이었다.

"아직 안 보이네."

제냐는 럼주를 받아 들고는 준서를 창가로 안내했다. 그녀가 따라 준 술 한 모금을 넘기며 준서는 생각했다.

'내가 술을 마실 줄 알았었나?'

목이 화끈한 느낌은 나지만 기침을 하거나 내뱉지 않았다. 술을 마실 줄 안다는 얘기다. 타임 워프 되기 전까지는 못 마셨던 게 분명했다. 그때는 학생 신분이었으니까.

'지난 칠 년간 배운 모양이군.'

기억은 나지 않았다. 그러나 기억해 내려 애쓰지도 않았다.

'중요한 건 그게 아니니까.'

제냐가 뜬금없이 '럼(rum)이 무슨 말인지 알아요?' 하고 물었다. 준서는 '몰라' 하고 짧게 대답하고는 창밖으로 시선을 던졌다. 폭설의 기세가 한풀 꺾여 있었다. 그래도 녹슨 레일 위에는 눈이 수북이 쌓여 갔다. 어떻게 백 년 동안이나 남아 있을까. 이 오래된 간이역의 대합실과 철로가 남아 있는 건 그저 신기한 일이었다.

제냐는 담황빛 투명한 술을 뚫어지게 쳐다보며 말했다.

"럼은 광란이란 뜻이래요. 해적들이 약탈을 하고 이 술을 마시며 뒤풀이를 했다나? 이제 그들은 가고 낭만만 남았네요. 우리는 그 낭만을 마시는 거죠. 건배!"

제냐의 말을 듣자, 해적들이 눈앞에서 광란의 춤을 추었다. 해적들의 모습은 플랫폼에서 열차를 기다리던 학생들의 모습과 겹쳐졌다. 해적들의 모습은 점점이 사라지고, 플랫폼에서 장난을 치는 학생들의 모습만 남았다.

"싸구려 술이라 나중에는 노예와 선원들이 주로 마셨대요. 이 술로 영혼의 위로를 삼은 셈이죠."

그중 여학생 하나가 기억에 또렷했다.

희고 긴 목덜미에 흐트러진 머리카락.

팽팽한 어깨와 그 밑에서 크게 요동치는 숨결.

하얀 양말과 깨끗한 단화.

하하하. 신우는 시원하고 환하게 웃으며 달려왔다.

지난 칠 년은 기억 속에 없지만, 신우에 대한 기억만큼은 너무도 선명했다. 지금이라도 불쑥 문을 열고 술집으로 들어올 것만 같았다.

"듣고 있어요?"

"아니."

"원래 그렇게 과묵해요?"

학교에서도 조용한 편이긴 했지만, 과묵하다고 말할 정도는 아니었었다. 그러나 지금은 분명 달라진 듯했다. 외모도 말투도 성격도. 준서 역시 스스로 놀랄 만큼 변화를 느끼고 있었다. 무엇이 이렇게 만들었을까. 그 해답은 잃어버린 칠 년의 시간 속에 있을 것이었다.

"무슨 생각해요?"

"여기서 나갈 생각."

"풋."

"그 웃음은 뭐지?"

"철없어 보여서요. 꿈같은 얘기를 하니까. 꿈이라는 게 있나요? 그런 건 없어요. 적어도 이 땅에는."

"그러니까 나가야지. 꿈도 없는 땅이니까."

제냐가 머쓱해 하며 머리를 긁적였다.

"그, 그런가?"

그때, 어디선가 나타난 칼자국 사내가 옆자리에 쓰러지듯 앉았다. 제냐가 바텐더에게 물었던 세르게이었다.

"하루 종일 쫓겨 다니는 놈은 왜 찾아?"

세르게이의 목소리에는 아까의 앙금이 남아 있었다.

"주정뱅이 헨드릭스 어디 있어?"

"내가 어떻게 알아?"

"가짜 시민권 필요 없어?"

"어디에 있든. 지하 터널을 이용해야 할 거 아냐. 역마다 조직이 장악하고 있는데 어떻게 하려고?"

"대답만 해."

세르게이가 주위의 눈치를 보며 낮게 말했다.

"반군들 무리에 끼어 있다고 들었어."

"그래?"

세르게이가 손으로 목을 긋는 시늉을 했다.

"자칫하면 골로 간다고."

반군이라면, 그들은 아케론의 부하들일 것이었다. 준서는 처음으로 입을 열었다.

"반군들은 어디에 모여 있지?"

세르게이가 상체를 뒤로 젖히며 눈을 아래로 깔았다.

"반군들을 찾는 걸 보니 혹시 연맹보안부 소속?"

"대답만 하라고 했지."

"애, 애꾸눈 칸이 알고 있어. 그러나 아시다시피 내가 갈 수 있는 형편이 아니라서."

"그 애꾸눈 칸에게 가짜 시민권만 주면 되나?"

"그러면 깨끗하게 해결되지."

"좋아. 주지."

제냐는 어이가 없어서 혀를 찼다. 쳇! 밤을 새우다시피해서 만든 게 누군데…… 세르게이가 반색을 하며 손을 벌렸다. 빨리 달라는 뜻이었다. 준서는 가짜 시민권 대신 계산서를 그의 손에 올려놓았다.

"대신 애꾸눈 칸에게 직접 줄게."

"엥? 나는 술값이나 내라고?"

"응."

술집을 나서려는 순간이었다. 제냐와 세르게이의 얼굴이 돌처럼 굳으며 다시 자리에 앉았다. 이상한 낌새에 준서는 뒤를 돌아보았다. 선술집 문으로 제복을 입은 남자 둘이 들어오고 있었다. 표정이 안 좋은 것은 제냐와 세르게이뿐만이 아니었다. 앉아서 술을 마시던 손님들도 불안한 듯 문 쪽을 힐끔거렸다. 제복의 남자들은 연맹의 무장 순찰대원이었다.

"불심검문을 시작하겠다. 무기는 테이블 위에 올려놓도록."

순찰대원의 임무는 반군을 잡아내는 것이었다. 반군이 나타나는 경우는 드물기 때문에 마을은 비교적 안전한 편에 속했다. 마을을 설치고 다니는 것들은 주로 범죄자들이었다. 그래도 가끔은 불심검문을 하곤 했다.

"순순히 응하면 아무 일도 없다. 지명수배자들은 나와 벽에 손을 얹어라."

세르게이는 똥이라도 밟은 표정이었다. 시민권 위조 및 유통은 반군 행위에 준하는 중대 범죄이기 때문이었다.

"젠장."

지명수배자 몇몇이 양손을 벽에 붙이고 저항할 의사가 없음을 밝혔다.

그동안 세르게이가 제냐에게 눈짓을 했다.

"창밖으로 뛰자고."

순찰대원에게서 도망치는 게 쉬운 일은 아니었다. 만약 여기서 도망친다면, 순찰대를 지원하는 전투 안드로이드, 그리고 무인정찰기의 타깃이 될 것이기 때문이었다. 제냐가 고민을 할 때였다. 준서는 갑자기 몰려오는 두통에 관자놀이를 만졌다. 제냐가 걱정스러운 듯 물었다.

"당신, 어디 아파요?"

"머리가 깨질 것 같아."

"갑자기 왜 그러죠?"

"저 마크가 연맹군을 뜻하나?"

준서는 순찰대원의 가슴에 부착한 마크를 가리켰다. 오각형 안에

독수리의 눈이 그려진 마크였다.

"네. 맞아요."

"그렇군."

준서는 두어 번 고개를 끄덕였다. 갑작스러운 두통의 이유를 알았기 때문이었다. 세르게이가 똥 마려운 강아지처럼 재촉을 했다.

"이봐, 지금 도망치지 않으면 끝이야. 알아?"

준서는 낮은 톤으로 경고했다.

"그냥 앉아 있어. 그렇지 않으면 내 손에 죽을 테니까."

세르게이는 겁을 먹고 준서의 말에 따랐다.

"으응. 그러지. 뭐."

순찰대원들은 인물 스캐너를 사용하여 술집 안의 모든 손님들을 체크했다. 휴대용 단말기에는 그들의 범죄 기록이 다 나왔다. 물리적인 행사는 일어나지 않았다. 다행히도 입력된 반군 요원과 일치하는 자는 없었던 것이다.

이제 마지막 차례로 순찰대원들이 준서 테이블로 다가왔다.

그중 하나가 준서의 얼굴에 스캐너를 들이댔다. 그러자 푸른색 빛이 준서의 얼굴을 스쳐 지나갔다.

순간, 경보음이 요란하게 울렸다.

나머지 하나가 재빨리 총을 뽑아 준서의 이마에 겨누었다.

"꼼짝 마!"

그리고 동료에게 물었다.

"왜 경보음이 울리는 거야?"

스캐너를 든 순찰대원이 하얗게 질려 더듬거렸다.

"특, 특급 전범(戰犯)이라고 단말기에 뜨는군. 그런데 다른 정보는 비밀로 되어 있네."

"본부에 알아봐야겠군."

"지원도 요청하게."

순찰대원 둘이 부산을 떠는 동안 준서는 연맹 마크만 뚫어지게 보고 있었다. 마크를 보고 있자니 어떤 기억이 선명하게 떠올랐다. 역장 포의 충격파가 비 오듯 떨어지는 방어진지였다. 방어진지는 피와 살, 그리고 비명이 어우러진 지옥이었다. 체장 길이가 5미터도 넘는 TK —100이 거대한 위용을 드러내는 순간, 반군들은 모두가 도망치기 시작했다. 필사적으로 도망쳤지만 역장포의 사정거리에서 벗어나는 건 불가능했다. 반군들은 진지를 빠져나가려다가 팔과 다리가 갈가리 찢겨졌다.

순찰대원의 가슴에 부착된 연맹 마크.

그것은 가슴속 깊이 잠재되어 있던 분노를 끄집어냈다.

"컥!"

준서는 앉은 상태에서 양손을 내뻗어 순찰대원들의 목을 움켜쥐었다. 순간, 이들이 사람이 아니라 안드로이드란 걸 간파할 수 있었다. 그럴 것이었다. 바보가 아닌 이상 이렇게 위험한 지역에 실제 인간을 파견할 리가 없었다.

"정교하게 만들어졌군."

놈들이 있는 파워를 끌어 올려 총구를 준서에게 겨냥하려 했다. 준서는 양손에 기력을 증폭시켰다. '우지직' 하고 외부피복이 찢어지는 소리가 났다. 기력을 증폭시키자 기계 내부의 압력이 증가하였고, 서플라이의 전원이 차단되면서 내부회로에 합선이 일어났다. 그러자 놈들의 동작이 현저하게 느려졌다.

"연, 연맹 순찰대를 건드리면……."

"어떻게 되는데?"

"추, 추적 시스템이 가동된다."

"좋을 대로. 대신 니들은 박살 난다."

준서가 피식하고 웃으며 두 놈의 머리통을 뽑아버렸다. 복잡한 전선줄이 딸려 나오며 구멍 난 자리에서는 검은 기름이 펌프질을 했다. 순찰대원이 사람이고 검은 기름이 피였다면, 눈으로는 도저히 볼 수 없는 광경이었을 것이었다. 두 놈의 머리통이 바닥으로 데굴데굴 굴렀다.

싸움이랄 것도 없었다. 그걸로 끝이었으니까.

준서는 손에 묻은 기름을 테이블 천에 닦으며 제냐를 보았다.

"이보다 더한 참상을 보았어. 수많은 사람들을 난도질 했지. 연맹 마크를 단 기계들이 말이야. 여자, 아이, 가리지 않고 싹 죽였지. 거기에는 내 동료들도 있었어."

제냐가 물었다.

"기억이 돌아온 거예요?"

"아니."

"그럼 어떻게."

"학살에 가까웠던 마지막 전투만 기억이 났어."

"연맹 마크 때문이에요?"

"그런 거 같아."

"대체 무슨 일을 겪었는지. 생각만 해도 끔찍하네요."

그때, 세르게이가 두 사람을 재촉했다.

"뭐하고 있어. 빨리 이곳을 빠져나가야 해. 곧 추적대가 들이닥칠 거라고."

Chapter 5
눈 속의 여정

신우는 시간이 멈춰 버린 공간에서 깊은 상념에 잠겨 있었다.

어떻게 된 거지?

저벅. 저벅.

모든 사람들이 동상처럼 굳어 버린 공간에 발자국 소리가 들렸다. 발자국 소리는 플랫폼에 낮게 울려 퍼졌다. 신우는 소리가 난 쪽으로 천천히 고개를 돌렸다. 한 중년 남자가 근심 가득한 얼굴로 걸어오고 있었다. 신우는 직감했다. 이 사람이 준서가 말한 아케론일 거라고.

"아저씨가 공간을 폐쇄했어요?"

아케론 또한 신우를 한 번에 알아보았다.

"네가 신우구나."

"대답해 주세요."

"폐쇄 공간은 아니다. 정확히는 시간을 잠깐 멈춘 것이지. 그동안 준서는 2103년에 다녀올 거다."

"아저씨가 보낸 거예요?"

"그렇다."

신우의 목소리에 울음이 배기 시작했다.

"아저씨가 뭔데요?"

"……."

"뭔데, 내게서 준서를 떼어 놓은 거냐고요!"

신우는 무릎에 얼굴을 묻고 한참을 울었다. 울면서 준서의 입술을 거듭 생각했다. 입술에 닿았던 느낌을 정확히 떠올렸다.

사랑받고 있다는 감정.

세상 어디에도 그보다 확실한 감정은 없었고, 그것을 위해서라면, 모든 것을 포기해도 좋다고 생각했다. 그러나 지금은 마음이 텅 비어 버린 것처럼 공허하다. 깊은 어둠에 홀로 남겨진 듯한 고독이 밀려왔다.

'나 혼자인 건가?'

시간의 감각이란 정말로 이상했다. 당시에는 영원할 것만 같은 순간인데, 이렇게 돌이켜 보면 정말 짧은 것이 시간이었다. 슬펐다. 같이 공유할 현재가 없다는 것도 슬펐지만, 이어질 내일이 없다는 것이 더욱 슬펐다.

'흑. 지금 어디에 있어?'

저벅.

다시 발자국 소리가 났다. 이제는 더 나타날 사람도 없을 것 같았는데, 그래도 소리가 났다. 혹시 준서일까 해서 신우는 눈물을 훔치며 얼른 돌아보았다. 정물처럼 서 있는 사람들 사이로 사람의 형체가 보였다. 가로등 불빛을 역광으로 받고 있었기에 실루엣만 보였다.

'준서니?'

아니었다. 그 형체의 주인은 놀랍게도 재민이었다.

"나야."

"재, 재민아."

아케론이 재민에게 말했다.

"표류자로군."

"당신이 아케론이죠?"

"맞다."

재민은 실망 가득한 표정으로 물었다.

"왜 시간을 멈춘 거죠?"

"이게 최선이었다."

"이 타임 게이트가 우리 같은 표류자들에겐 어떤 의미인 줄 아시죠?"

"어떤 의미더냐."

"희망."

"……."

"이십 년 만에 열린 타임 게이트예요. 우린 이날만 기다렸거든요. 고통의 시간을 참으며. 그러니까 당신은 우리의 희망을 없애버린 겁니다."

쉭!

재민이 아케론의 가슴에 샤벨을 들이댔다. 하마터면 가슴을 베일

뻔했다. 아케론은 숨을 크게 들이쉬더니 다시 천천히 내뿜었다.

"이렇게 되면 준서를 쫓는 수밖에요. 말하세요. 준서를 어디로 보냈는지. 좌표만 가르쳐 주면 됩니다."

"시간은 다르지만 너희들은 군사학교 출신 아닌가?"

"버림받은 군사학교 출신이라는 게 더 정확한 표현이겠죠."

"모두에게 기회는 공평하게 주어진 걸로 알고 있다."

"내가 궁금한 것은 후계자만이 소유할 수 있다는 그 힘. 그것만 궁금하거든요."

"그런 것은 중요하지 않다."

재민은 화가는 듯 버럭 소리를 질렀다.

"중요하다니까!"

그때였다. 반군 제복을 입은 헌병들이 나타나 아케론에게 총을 겨누었다. 뜻밖의 상황에 아케론은 창백한 얼굴이 되었다.

"무슨 일인가."

헌병 장교가 말했다.

"사령관님을 연행하겠습니다. 연맹 스파이 혐의입니다."

"뭐라고?"

"말하겠습니다. 이틀 전, 우리는 원로회 알베르토님을 통해 중요한 첩보를 전달 받았습니다. 연맹 정보부 쪽에서 스파이 프로그램으로 우리 쪽 인사를 세뇌시켰다고."

아케론이 눈살을 찌푸렸다.

"난, 그런 일 없다."

"하면, EMP 폭탄의 타이머를 왜 30초 일찍 터지도록 조작해 놓으셨습니까. 앤드류 소령의 증언도 확보했으니 부인하지 마십시오. 준서 군을 일부러 시간 이동을 시킨 것 아닙니까?"

"이유가 있었다."

"그 이유는 조사 위원회에서 밝히시지요."

아케론은 뭔가 결심한 듯 헌병 장교의 결정에 응했다.

"알겠다. 조사를 받지."

아케론은 반군 제복을 입은 남자들과 함께 안개 속으로 사라져 갔다. 그가 떠난 후, 재민은 승강장 바닥에서 작은 메모지를 주웠다. 거기에는 좌표로 보이는 숫자가 적혀 있었다.

　　*공간 좌표: X-5647. Y-0921.

재민이 나지막이 뇌까렸다.

"준서가 이동한 공간 좌표인가?"

알 수 없는 상황이었다. 왜 헌병대는 그를 체포했을까. 아케론은 왜 공간 좌표를 가르쳐 주었을까. 처음과 다르게.

신우가 부탁을 했다.

"재민아. 나도 데려가 줘."

"위험한 일인데 괜찮겠어?"

"난 준서를 꼭 만나야 해. 이렇게 기다릴 수는 없어. 같이 돌아올 거야. 우리들의 시간으로."

"그런데 왜 너의 시간은 멈추질 않았지?"

"그건 나도 모르겠어."

　　　　　*　　　*　　　*

　　세르게이는 준서와 제냐를 애꾸눈 칸의 본거지가 있다는 지하 터널로 데려갔다. 터널은 700미터가 넘었다. 제냐는 생각만 해도 무서웠다. 터널 북쪽에는 워낙 흉악한 범죄자들이 많아서였다. 남자들 중에서도 북쪽으로 가려고 할 만큼 용기 있는 사람은 없었다. 세르게이는 랜턴으로 궤도차를 찾았다.

　　"어서 타. 여기서는 이걸로 이동해."

　　준서는 제냐를 먼저 태우고 궤도차에 올라탔다. 세르게이가 몇 번 레버를 잡아당기자, 궤도차는 미끄러지듯 철로 위를 달렸다. 680미터 지점에 다다르자 세르게이가 랜턴을 비추어 전방을 관찰했다. 불빛이 비치는 맨 끝 지점에서 쉰 목소리가 들렸다. 초소에서 나오는 목소리였다.

　　"더 이상 다가오면 쏜다. 암호는?"

　　"나 세르게이요. 칸에게 가짜 시민권을 가져왔다고 전해 줘요."

　　"세르게이?"

　　"그렇소."

　　"돈만 받고 도망친 그 세르게이?"

　　"……"

　　허름한 역 사무실이 세 번째로 큰 범죄 조직 '검은 전갈'의 본부였다. 여기서 상인들의 통과증을 발급해 주었다.

준서에게 정강이를 걷어차인 더벅머리가 애꾸눈 칸을 찾았다.

"대장. 세르게이가 왔어."

"제 목을 잘라 가지고 왔나?"

세르게이가 나서서 굽실거렸다.

"아뇨. 시민권을 가져 왔어요. 대장. 그런데 문제가 있어요."

"뭔데?"

세르게이는 애꾸눈 칸에게 자초지종을 말했다. 애꾸눈 칸이 일어서
더니 시커멓게 그을린 주전자를 모닥불 위에 올려놓았다. 몇 분 만에
물이 끓으면서 수증기를 뿜었다. 낯익은 물 끓는 소리에 역 사무실은
분위기가 아늑해졌다.

"귤껍질을 끓인 차지."

그동안 준서는 조직원들을 둘러보았다. 힘든 생활에 단련된 사람들
로 보였다. 애꾸눈 칸은 귤껍질을 우려낸 차를 준서에게 주며 물었다.

"주정뱅이 헨드릭스를 찾는다고?"

"응."

"그 영감을 왜 찾지?"

"여기서 나가려고."

"크하하하!"

애꾸눈 칸은 천장을 보며 배를 잡고 웃었다. 그러다 웃음소리는 점
차 줄어들었고, 애꾸눈 칸은 몇 번이고 되뇌었다.

"여기서 나가? 무슨 수로."

연맹의 전투 안드로이드를 피해 도망친 인간의 마지막 피난처. 그
곳이 여기 지하철역이었다. 처음에는 이토록 평온하지는 않았다.

싸웠었다. 죽도록 싸웠었다. 살 공간과 식량 확보를 해야 했기에 서로 싸울 수밖에 없었었다. 터널을 1미터라도 많이 차지하려고 투쟁을 벌여야 했던 이유. 그것은 이 빌어먹을 공간에서 탈출할 수가 없었기 때문이 아니던가. 애꾸눈 칸은 낯선 이방인이 이곳의 사정을 전혀 모르는 것이라 생각했다.

"그 영감탱이는 15킬로 떨어진 곳에 있지."

애꾸눈 칸이 말한 곳은 백 년 전으로 말하면 동대문 환승역이었다.

"이 어둠의 터널을 지나 거기까지 갈 수 있겠나?"

그 말의 뜻은 갈 수 없을 것이라는 단정이었다. 준서는 애꾸눈 칸의 생각에는 관심조차 없는 투로 말했다.

"들어가는 입구만 말해 주면 돼."

"하하. 제법 세게 나오는군. 이봐, 친구. 여기는 지옥이란 걸 명심해야 해."

"말이 많은 편이군."

애꾸눈 칸은 어쩔 수 없다는 듯 손을 휘저었다.

"좋아. 말해 주지. 블랙스톤 마을이야. 거기에 지옥의 입구가 있어."

준서는 가짜 시민권을 사과 박스 위에 올려놓았다. 그리고 자리에서 일어났다. 제냐가 따라 일어났다.

"바로 가게요?"

"시간을 낭비할 필요 없잖아."

"이봐, 친구. 가죽 사냥꾼들을 조심하라고. 자칫 입구도 못 찾고 머리 가죽이 벗겨지는 수가 있거든. 크하하."

애꾸눈 칸의 경고는 무시하고 준서는 성큼성큼 출입구로 걸어갔다. 제냐가 곧바로 따라붙었다.

"같이 가요."

"당신이 왜?"

"나도 여기서 나가게 해 줘요."

"……."

제냐의 눈빛은 간절했다.

"당신을 살려준 대가로 데려가 주면 안 돼요?"

"우리의 관계는 그걸로 청산하지."

"좋아요."

순찰을 마친 조직원이 막 돌아와 모닥불 가에 앉아 몸을 녹이려 할 때였다. 갑자기 터널 깊은 곳에서 강철로 레일을 두드리는 듯한 소리가 들렸다. 처음에는 멀리서 작게 들리더니 가까워지면서 소리는 점점 커졌다.

"……?"

애꾸눈 칸이 날카로운 눈빛을 흘리며 소리가 난 쪽을 노려보았다. 대머리 덩치와 더벅머리는 불안한 기색으로 애꾸눈 칸의 눈치를 보았다. 애꾸눈 칸이 최대한 작은 목소리로 명령했다.

"경보를 울려."

더벅머리가 천장에 매달아 놓은 깡통을 세차게 두들겼다.

깡. 깡. 깡. 깡.

그러자 잠을 자던 조직원들이 역무실에서 헐레벌떡 뛰어나왔고, 보초들은 기관총 커버를 벗기고 터널 안쪽을 향해 총을 조준했다.

애꾸눈 칸은 상대 조직의 습격을 생각했다.

"붉은 전갈 놈들인가?"

그러나 서치라이트의 불빛이 철로 위를 비추며 생각을 바꿔야 했다. 사람이 아닌 기괴한 물체가 모습을 드러냈던 것이다. 기괴한 물체는 시체곤충이라 불리는 웜봇이었다. 애꾸눈 칸이 거의 절망에 가까운 소리를 내질렀다.

"이런 제길! 연맹의 시체곤충이야. 날려 버려!"

탕. 탕. 총성이 울리고 초소의 기관총이 드르륵 불을 뿜었다. 웜봇들이 팝콘처럼 튀었다. 총알이 놈들의 몸에 박히고 부서지는 것이 서치라이트 불빛에 보였다. 그러나 멈추지 않고, 놈들은 빠른 속도로 달려왔다. 어차피 웜봇들은 총알받이에 불과할 것이었다.

"이제 살인병기가 등장하겠지?"

예상대로 중기관총을 든 전투 안드로이드 TK—10이 모습을 드러냈다.

"모두 엎드려!"

펑.

전투 안드로이드 TK—10이 발사한 폭탄이 300미터 앞 초소를 날려 버렸다. 보초병들은 산산이 찢겨져 팔다리가 날아갔다. 그리고 폭발에 의해 발생한 화염이 얼굴을 화끈하게 만들었다.

애꾸눈 칸이 이마를 찌푸렸다.

"연맹 놈들이 여길 어떻게 안 거지?"

전투 안드로이드 TK—10들이 쉿소리를 내며 압박을 가해 왔다. 놈들에게 맞서는 건 불가능했다. 목숨이라도 건지려면 본거지를 버리는 방법 밖에 없었다. 애꾸눈 칸의 입장에서 그건 무척 억울한 일이었다. 너무도 어렵게 구축한 본거지였기에.

대머리 덩치가 체구에 안 맞게 울상을 지었다.

"대장. 도망쳐야 해."

"빌어먹을!"

그동안 준서는 자리로 돌아와 느긋하게 귤껍질로 끓인 차를 한 모금 더 마셨다. 차 같지도 않은 차였지만, 그나마 뜨거운 것이 들어가니 몸이 좀 나았다.

아빠랑 누나가 끓이던 커피향이 한없이 그리워지는 순간이었다. 제냐가 다급한 목소리로 말했다.

"일단 도망쳐요."

준서는 왜? 하는 눈빛으로 제냐를 보았다.

"그래야 해요. 살려면."

"됐어."

준서는 천천히 걸어가 승강장에서 철로로 내려섰다. 그리고 부드럽게 군도를 빼 들었다. 애꾸눈 칸이 놀란 표정으로 준서를 가리켰다.

"저놈 뭐하는 거야?"

준서는 저벅저벅 터널 안으로 걸어 들어갔다.

징그럽게 생긴 원형의 금속 물체들이 꾸물꾸물 쏟아져 나왔다. 원형의 금속 물체는 짧은 다리에 두 개의 은빛 칼날을 달고 있었다. 뤼봇들이 은빛 칼날을 회전하며 쥐 떼들처럼 달려들었다. 준서는 군도를 늘어뜨린 채 그 광경을 태연히 지켜보았다. 제냐는 걱정이 되어 두 손을 맞잡고 안절부절못했다.

'아아, 어떻게 하려고 저러지?'

웜봇들이 거의 접근했을 때였다.

번쩍! 준서가 군도를 위에서 아래 내리쳤다. 그러자 쾅! 하는 굉음과 함께 압력풍이 생겨나 터널 안으로 밀려들어 갔다. 엄청난 압력을 견디지 못하고 웜봇들이 용수철처럼 튀어 오르며 연쇄적으로 폭발했다. 뒤쪽에 있던 전투 안드로이드 TK—10도 압력풍의 영향을 받았다. 웜봇의 잔해들이 하나의 파편이 되어 날아왔기 때문이었다.

그 순간, 준서가 터널 안으로 질풍처럼 달려갔다.

전투 안드로이드 TK—10이 빗살처럼 달려드는 준서를 발견하고 전열을 가다듬으려 할 때였다. 귀청을 찢는 듯한 파공성과 함께 군도의 검신이 번뜩였다. 전투 안드로이드 TK—10의 팔다리가 툭툭 떨어지고 검은 기름이 사방으로 터지듯 분출했다. 머리통이 날아간 전투 안드로이드 TK—10은 걸음을 옮기다 쓰러지기도 했다. CIS—50 중기관총에서 뿜어 대는 탄환은 아무 의미 없이 터널 천장에 박힐 뿐이었다.

"……?"

도망치려던 애꾸눈 칸은 궁금해졌다. 터널 안이 갑자기 조용해졌기 때문이었다. 그는 설마? 하는 심정으로 고개를 빠끔히 내밀어 보았다. 서치라이트가 깨져 버렸기에 터널 안은 시커먼 어둠에 가라앉아 있었다.

"어떻게 된 거지?"

제냐가 등에 찬 기관총을 들고 철로로 내려섰다.

"보고만 있을 거야?"

그제야 정신을 차린 듯 애꾸눈 칸이 부하들에게 명령했다.

"야. 다들 내려와!"

대머리 덩치와 더벅머리가 그다지 내키지 않는 표정으로 철로로 내려왔다.

"아, 알았어. 대장."

그때였다. 어둠 속에서 강철 빛으로 빛나는 뭔가가 나타났다. 그것은 망신창이가 된 전투 안드로이드 TK─10였다. 깜짝 놀란 애꾸눈 칸이 반사적으로 총구를 들이댔다.

"죽여 버려!"

제냐가 애꾸눈 칸을 막았다.

"잠깐. 쏘지 마!"

그 이유는 곧 드러났다. 비틀거리는 전투 안드로이드 TK─10 뒤로 준서가 따라왔기 때문이었다.

활활 타오르는 눈빛! 준서는 전투 안드로이드 TK─10에게 타오르는 시선을 꽂아둔 채 철로를 걸어오고 있었다. 그 모습은 마치 화염의 지옥에서 막 나오는 죽음의 신 같았다.

"……!"

그 누구도 말을 붙일 수가 없었다.

텅.

준서가 던진 자갈이 전투 안드로이드 TK─10의 정강이에 맞았다. 놈은 힘없이 주저앉았다. 중기관총과 드릴이 망가져 공격력을 잃은 상태였다. 놈은 오작동 되는 소리를 내며 기계 심장이 멈추길 기다리고 있었다. 턱뼈를 연결하는 기계 관절이 부서졌는지 입을 한껏 벌린 상태였다.

준서는 철로 옆에 떨어진 쇠파이프를 주워 들었다.

콰직!

그리고 그것을 수직으로 꽂아버렸다. 전투 안드로이드 TK—10의 입을 뚫고 들어간 쇠파이프가 뱃속 깊숙이 박혔다. 전투 안드로이드 TK—10는 쇠파이프를 입에 문 채 동작을 멈췄다.

애꾸눈 칸은 속으로 생각했다.

'으으, 정말 살벌한 놈이군.'

준서가 애꾸눈 칸을 보았다.

"블랙스톤 마을이라고 했지?"

애꾸눈 칸은 열심히 고개를 끄덕였다.

"응. 맞네. 우리가 도와줄 일 없겠는가?"

눈치를 보며 아부까지 떨었지만 준서의 대답은 냉정할 정도로 간단 명료했다.

"없어."

터널 안에는 기계의 잔해들이 널려 있었고, 거기서는 매캐한 연기가 피어올랐다. 준서는 원래 나가려고 했던 출입구를 향해 발걸음을 돌렸다. 제냐가 기관총을 등에 두르며 따라붙었다.

밖으로 나왔다.

앙상한 나무들, 그 흔들림, 쌩한 바람 소리는 준서가 머무는 세상이 어떤 곳인지 분명하게 말해 주고 있었다.

이 순간, 할 수 있는 일이란 다른 게 없었다.

조각난 기억을 하나도 빠짐없이 끌어내 퍼즐처럼 맞추는 것뿐이었다.

*　　　*　　　*

날이 빠르게 어두워지고 있었다.

길에는 두 사람이 눈을 맞으며 걸어가고 있었다. 떨어지는 눈은 하얀 커튼처럼 두 사람을 에워쌌다. 길의 어두운 표면에 눈이 얇게 깔리면서 질척거리기 시작했다. 길 양옆으로는 아무것도 보이질 않았다.

"괜히 왔지?"

"아니."

재민은 신우가 두른 모포를 여미어 주었다.

"춥다."

"고마워."

"아마 햇볕이 들지 않아서 그럴 거야. 보아하니 십 년 이상은 된 거 같아."

두 사람은 계속 걸었다. 그들이 이른 곳은 자작나무 숲이었다. 나무는 죽어 시커멓지만 눈이 쌓일 정도로 여전히 풍성했다.

"해가 진다. 오늘은 여기서 쉬자."

"응."

재민은 나무 밑에 자리를 잡고 바닥의 눈을 발로 치웠다. 낙엽을 모아 두툼하게 더미를 만든 후, 그 위에 담요를 덮었다. 땅에서 한기는 덜 올라올 것이다.

재민은 나무들 사이에서 삐죽 솟은 가지들을 끌어냈다. 그것들을 한 아름 모아다가 불을 피웠다. 밤새 땔 양을 확보하기 위해 서너 차례 움직였다.

"피곤하지 않아?"

"조금 힘들어."

재민의 말투는 다정다감했다.

"원래 시간여행이 피곤해. 시차만 틀려도 피곤한데, 이건 완전히 다른 공간으로 오는 거라."

"여기는 어디야?"

"알면 놀랄 걸?"

"말해 봐."

"한남동. 북고가 있던 동네지. 년도는 2103년. 나도 준서가 이렇게 멀리 올 줄은 몰랐어."

신우의 동공이 커졌다.

"대략 백 년 후?"

"거봐. 놀랄 거라 했잖아."

"우리가 살던 곳이 이렇게 변한 거야?"

"응."

눈은 계속 내렸다. 아니, 그치질 않았다. 재민은 불길이 수그러질 때마다 나뭇가지를 불 위에 던져 다시 불을 피워 올렸다. 궁금했다.

"아케론은 왜 준서를 이리로 보낸 거야?"

"그러게. 그 이유는 나도 몰라. 한 가지 예측 가능한 것은 이 시간대에서 뭔가 중요한 사건이 벌어질 것이란 점이야."

"왜 그렇게 생각해?"

"중간 벽을 설치한 것으로 짐작했어."

"중간 벽? 그게 뭔데."

"타임 워프가 불가능하게 설치된 장벽을 말해. 역으로 말하면, 연맹 지도부의 입장에서 이 시간대에 보호해야 할 어떤 중요한 것이 있다는 얘기지."

"하나도 못 알아듣겠어. 하지만 궁금한 점은 있어."

"뭔데?"

"너는 왜 준서를 쫓아왔어?"

재민의 목소리에는 약간의 공허함이 배어 있었다.

"녀석이 지닌 힘을 뺏으려고. 그것이 있어야 내가 잃어버린 시간을 찾을 수 있거든."

"그럼, 준서와 싸우려는 거야?"

"글쎄다. 그건 나도 잘 모르겠다. 처음에는 그럴 생각이었는데, 뭐랄까. 정이 들었다고 할까? 녀석을 만난 뒤로는 친구처럼 되어 버려서. 하하."

신우는 시선을 떨어뜨려 눈이 묻은 신발 끝을 보았다.

"난 그러지 않았으면 좋겠어."

"준서가 그렇게 좋으냐?"

"응."

"얼마나. 하늘만큼? 땅만큼?"

"쳇. 놀리고 있어. 어쨌든 말로는 표현할 수 없어."

재민은 한숨을 크게 내쉬었다가 나중에는 씁쓸하게 웃었다.

"짜아식. 행복한 놈이네."

＊　　　＊　　　＊

하늘을 살폈다. 낮게 드리운 잿빛 구름이 점점 짙어지고 있었다. 날이 어두워지는 것이다. 길가에 늘어선 나무들이 눈 위로 희미한 그림자를 늘어뜨렸지만, 오래지 않아 밤이 찾아올 것은 분명했다.

제냐의 호흡이 거칠어졌다.

"헉헉. 잠깐만요."

"왜 그러지?"

15센티가 넘는 눈에 발이 빠지는 통에 제냐는 힘들어했다.

"헉헉. 도저히 못 가겠어요. 힘들어서."

준서는 겁을 주었다.

"놔두고 갈 거야."

겁을 주거나 말거나 제냐는 눈밭에 벌러덩 누워 버렸다.

"몰라요. 배 째요."

말은 그리했지만 한편으로는 걱정이 되었다. 이 냉혈한 같은 남자가 진짜로 그냥 가면 어떡하지?

"알았어. 오늘은 여기서 야영을 하지."

제냐는 좋아서 벌떡 일어났다.

"정말요?"

여기서 야영을 해서 좋은 게 아니었다. 이 냉혈한 같은 남자가 자기의 말을 들어줬기 때문이었다.

이 배려는 뭐지? 내가 좋아졌나?

준서는 제냐의 꿈을 무참히 깨뜨렸다.

"가서 땔감용 나무나 구해 와."

쿨럭. 나, 나무를 구해 오라고?

제냐는 화딱지가 나서 발로 눈을 걷어찼다. 공교롭게도 눈은 준서의 얼굴에 맞았다. 준서는 눈살을 찌푸렸다.

"이건 뭐야. 싫다는 건가?"

아, 재수하고는.

"아, 아니에요. 실수였어요. 당장 나무하러 갈게요."

쳇! 제냐는 불만 가득한 걸음으로 숲으로 들어갔다. 제냐가 나무를 구해 오는 동안 준서는 바닥을 다지고 담요를 깔았다. 그리고 방수포를 펼쳐서 양쪽 끝을 막대기에 받쳐 돌로 고정시켰다. 이 정도면 눈을 맞고 자지 않아도 될 것이었다. 그리고 잔솔가지와 나뭇잎을 끌어모아 불을 피웠다. 제냐는 섞은 나뭇가지를 한 아름 들고 와서 방수포 앞에 쏟았다.

"어라. 텐트네요?"

"하룻밤은 버틸 수 있겠지."

제냐가 잽싸게 간이텐트(?) 속으로 들어갔다.

"우와, 아늑하다."

준서도 그녀 옆에 앉았다. 제냐가 뜬금없이 물었다.

"당신이 살던 곳 이야기를 해줘요. 2013년은 어떤 곳이었어요?"

준서는 잠시 기억을 더듬어 말했다.

"내가 살던 곳은 하늘은 파랗고, 햇빛은 눈부시게 강렬하고, 강물은 찰랑거리고, 나뭇잎은 밝은 초록으로 빛났지. 아침이면 가방을 멘

학생들이 저 아래 길을 따라 학교를 갔어."

"그림 같은 풍경이네요."

"괜찮았지. 연맹이 관여하고 있다는 사실을 알기 전까지는."

"연맹이 2013년까지 간섭했어요?"

"은밀하게 조종하고 있었어. 재앙을 일으키고, 사람들의 기억을 삭제하는 식으로."

"쳇! 그때나 지금이나 연맹 놈들이 하는 짓이란."

준서가 잿빛 하늘에 가려진 천공 도시를 가리키며 말했다.

"여기가 좀 더 노골적으로 보이는군."

"맞아요. 천공 도시의 시민이 되지 않는 한 비참한 삶을 살 뿐이죠."

이번에는 준서가 물었다.

"당신은 왜 이러고 살지?"

"아빠가 인쇄 기술자였어요. 지금은 인쇄 기술이 필요 없는 시대니까 가짜 시민권을 만드는 걸로 생계를 연명했죠. 인쇄 기술은 아빠한테 배운 거예요. 아빠는 연맹 보안군한테 잡혀 처형당했어요."

"안됐군."

"뭘요. 여기서는 흔한 일인데요."

"이제 잠을 자야겠어."

"그래요. 자요."

잠을 청하려 누웠지만 잠이 오질 않았다. 왜 EMP 폭탄이 30초 일찍 터졌을까. 마치 계획된 것처럼 타임 워프가 되었고(우연이라고 보긴 어렵다. 좌표가 이곳으로 세팅되어 있었으니까), 여기서 기억을 잃어

버렸다. 아케론은 알고 있었을까. 아니면, 아케론이 의도적으로 칠년 전쟁의 한복판으로 보낸 것일까. 그렇다면 왜? 여전히 의문은 풀리지 않았다.

준서는 일렁이는 모닥불에 시선을 고정시켰다.

"날 어디에서 발견했다고 했지?"

"강가에서요."

"왜 구했지?"

제냐가 약간 당황스러워 했다.

"여기 사람이 아니라서. 몰라요. 왜 그랬는지……. 그냥 사람이 그리웠나 봐요."

"……."

"한 가지 명심해 둬요. 블랙스톤 마을에는 가죽 사냥꾼들이 있어요. 피도 눈물도 없는 잔악한 놈들이죠."

애꾸눈 칸이 경고한 바 있었다.

"명심할게."

제냐는 귀엽게 잔소리를 해 댔다.

"정말 위험하다고요."

준서는 신우를 생각하며 고개를 끄덕였다.

"알았어. 꼭 명심할게."

*   *   *

밤새 폭설은 그쳤다. 새벽이 오려는지 잿빛 구름에 푸른 기운이 돌았다. 얼어붙은 땅에는 산 그림자가 길게 늘어져 있었다. 재민은 반쯤 잠이 들었다가 나뭇가지가 부러지는 듯한 소리를 들었다.

'……?'

재민은 벌떡 일어나 앉았다. 모닥불은 벌써 작은 불길로 잦아든 상태였다. 재민은 귀를 기울였다. 우드득. 나뭇가지가 꺾이는 메마른 소리. 재민은 손을 뻗어 신우를 흔들었다.

"일어나."

신우가 손등으로 눈을 비벼 잠을 털어 냈다.

"으응."

"누군가 오고 있어."

그리 말하며 재민은 사방을 둘러보았다.

이윽고 험상궂은 사내 십여 명이 자작나무 숲에서 모습을 드러냈다.

힘줄로 꿰맨 짐승 가죽을 걸친 그들은 얼굴에는 온갖 색의 진흙 칠을 하고, 허리에는 커다란 사냥칼을 차고 있었다.

"어머!"

신우는 깜짝 놀라 손으로 입을 가렸다.

사람의 해골과 이빨을 머리카락으로 꼬아 만든 목걸이를 목에 두르고 있었기 때문이었다. 그들의 우두머리로 모이는 사내가 놋쇠이빨을 드러내며 웃었다.

"놀랐나?"

재민은 대답하지 않았다.

"……."

놋쇠이빨이 거두절미하고 물었다. 재민이 표류자인 걸 알고 있는 것이다.

"몇 년도에서 왔지?"

"1994년."

놋쇠이빨이 머릿속으로 뭔가를 기억해 내려고 애를 썼다. 그러다가 손뼉을 치며 말했다.

"그래. 들은 거 같아. 94년이 폐허가 되었다고."

이번에는 재민이 물었다.

"내가 표류자인 걸 어떻게 알았지?"

놋쇠이빨은 당연하다는 듯 재민의 차림새를 지적했다.

"여기엔 그런 옷을 입고 다니는 놈은 없어. 시간의 이방인이라고 티를 내고 있잖아. 하긴, 나도 처음에는 그랬었지만. 핫핫."

"또 다른 표류자를 보지 못했나?"

"흐음. 사실은 나도 그놈을 찾아 나선 거야. 시장에서 봤다는 소문을 듣고."

혹시 준서인가?

"아주 터프한 놈이더군. 내 부하의 목을 날려 버렸어."

준서가 그런 짓을? 놀라운 일이었다. 자기가 아는 한 준서는 그렇게 행동할 친구가 아니었다. 어쩌면 준서가 아닐 수도……

"선술집에 나타났다는 소리를 듣고 가 봤지만 이미 떠나고 없더군."

"그 선술집이 어디 있는지 알려줄 수 있나?"

놋쇠이빨은 산 아래 불빛이 다닥다닥 붙어 있는 마을을 가리켰다.

"마을에 내려가서 물어보면 다 알아."

재민은 감사를 표했다.

"고맙군."

"나도 한 가지 묻지. 그놈이 후계자가 맞나?"

"그렇게 알고 쫓는 중이야."

놋쇠이빨은 흡족한 듯 누런 이를 드러내며 크게 웃었다.

"하하. 좋아. 드디어 이 지긋지긋한 곳을 워프 아웃하는 건가?"

그와 일행들은 '또 보자'는 말을 남기고 눈의 숲 속으로 사라졌다.

"낯선 자가 오긴 온 모양이야."

신우가 떨리는 목소리로 물었다.

"그 사람이 준서일까?"

"그럴 거라 생각해. 하지만 정확한 건 가 봐야 알겠지."

"어서 가."

*　　　*　　　*

동이 트자, 준서와 제냐는 곧바로 마을 블랙스톤으로 향했다.

자작나무 숲을 지나다가 걸음을 멈추었다. 누군가 불을 피운 흔적이 있었다. 준서는 타고 남은 숯에 손을 얹어 보았다.

"온기가 아직 있어. 어젯밤에 피운 불이야."

"어젯밤에는 왜 못 봤죠?"

"능선에 가려져서."

꺼진 모닥불 주변의 눈밭에 발자국이 선명했다. 누군가 이곳에서 야영을 하고 새벽에 마을이 있는 남쪽으로 간 것이 틀림없었다. 제냐가 발자국 숫자를 보며 말했다.

"여러 명인 것 같아요."

"맞아."

"연맹군일까요?"

"몰라. 하여튼 우리는 반대편으로 가야 해."

"왜요?"

"블랙스톤이 이쪽이니까."

헐. 이 남자는 백 년 전에 왔다면서 어떻게 길을 잘 알지?

"같이 가요."

Chapter 6
가죽 사냥꾼들

눈 쌓인 봉우리에 칼날로 찢은 듯한 몇 줄기 줄무늬가 있고, 그곳에
는 겨울의 잔설(殘雪)이 하얗게 흐르고 있었다.

두 사람은 블랙스톤 마을 입구에 도착했다.

마을 입구에는 흙으로 만든 담이 둘러쳐진 집 한 채가 서 있었다.
담에는 눈이 쌓여 있었고, 마당에는 귀한 닭이 먹이를 쪼며 돌아다녔
다. 은발 소년 하나가 방에서 나오더니 담벼락 옆에서 바지를 까고 똥
을 누었다.

"어머, 쟤 봐."

제냐가 그걸 보고 키득거렸다.

"엉덩이 얼면 어떡하려고."

준서도 피식하고 웃었다.

퍽.

그때, 돌멩이 하나가 날아와 은발 소년을 명중시켰다.

깜짝 놀란 은발 소년이 얼른 바지를 올리고 눈이 쌓인 담벼락으로 기어올라 갔다.

휙. 휙.

연이어 날아온 돌멩이가 은발 소년의 이마에 맞았고, 은발 소년은 둔탁한 소리를 내며 마당 안쪽으로 떨어졌다. 은발 소년의 이마에서는 한 줄기 핏물이 흘러내렸다.

담벼락 모퉁이에서 흉악하게 생긴 놈 둘이 모습을 드러냈다. 은발 소년에게 돌을 던진 놈들이었다. 아마 가죽 사냥꾼이지 싶었다.

"어른들 지나가는 길에 왜 똥을 싸고 지랄이야."

"개새끼냐? 아무 데나 똥을 싸게?"

겁에 질린 은발 소년이 웅크리며 머리 위로 두 손을 싹싹 비볐다.

"잘못했어요. 용서해 주세요."

"알긴 아는구나."

"낄낄. 아는 놈이 그래?"

두 놈은 납작 웅크린 은발 소년의 머리에 오줌을 갈겨 댔다.

"크헤헤. 이거나 먹어라."

제냐가 발끈했다.

"뭐야. 저 인간 같지도 않은 놈들!"

준서는 가만히 제냐의 손목을 잡았다. 좀 더 지켜볼 생각이었던 것이다. 은발 소년의 어미로 보이는 아낙이 콩이 든 사발을 들고 나오다가 그 광경을 보고는 아이를 감싸 안았다.

"살려 주세요, 제발."

모히칸 헤드가 아낙을 보며 입맛을 다셨다.

"방으로 따라 들어와. 대신 꼬맹이는 살려 줄게. 뭔 말인지 알지?"

아낙은 고개를 숙이며 우물거렸다.

"싫어요."

준서는 땅바닥에 떨어진 접시를 물끄러미 바라보았다. 삶은 콩 밑에 고기 몇 점이 깔려 있었다. 아마도 아들을 주려고 어렵사리 구한 것이리라.

"킥킥킥. 싫어?"

"네. 싫어요."

모히칸 헤드가 연신 히죽거리며 은발 소년 어미의 손목을 잡아끌어 방으로 데려가려고 했다.

"안 돼요."

……더러운 잡것들.

준서는 울타리 옆에 세워 둔 쇠스랑을 조용히 집었다. 그리고 놈들 쪽으로 방향을 틀어 불렀다.

"어이!"

모히칸 헤드가 뒤돌아보았다.

"너 뭐하는 놈이야?"

"이런 걸 버리면 안 되지. 귀한 음식인데."

"네놈이랑 무슨 상관…… 어?"

쇄액!

준서는 쇠스랑을 힘껏 던졌다. 섬돌에 올라서던 모히칸 헤드의 얼굴로 날아갔다. 바람을 가르는 소리에 놈이 화들짝 놀란 표정을 지었다. 피할 겨를이 없었다. 쇠스랑의 날카로운 발이 놈의 **뺨**을 뚫고 기둥에 박혔다.

"악!"

모히칸 헤드는 어쩔 수 없이 기둥에 매달린 격이 되고 말았다. 깜짝 놀란 한 녀석이 허둥지둥 도끼를 찾는 동안 준서는 바람처럼 달려가 군도로 놈의 목을 날려 버렸다.

번쩍!

놈의 머리는 포물선을 그리며 담 밖으로 넘어갔고, 마당에는 잘린 머리에서 떨어진 핏물이 흥건했다.

"아아⋯⋯."

놀란 아낙은 넋이 나간 채로 땅바닥에 털썩 주저앉았다.

"엄마!"

은발 소년이 품을 파고들자, 아낙은 아들을 끌어안으며 이름을 불렀다.

"로야!"

준서는 느릿하게 걸어가 기둥에 매달린 모히칸 헤드를 올려다보았다. 겁에 질린 놈의 눈동자는 낙타 눈깔보다 커진 상태였다. 놈이 목숨을 구걸했다.

"으으, 제발 살려 줘."

준서는 물끄러미 쳐다보다가 물었다.

"왜 그래야 하지?"

푹.

그리고 비릿한 미소를 지으며 군도를 모히칸 헤드의 복부에 쑤셔 박았다. 복부, 정확히는 늑골 사이를 아래에서 위로 찌른 것이었다. 칠년전쟁을 통해 배운 필살기로 이렇게 하면 단 일격으로 상대의 심장을 관통할 수 있었다.

효과는 탁월했다. 일격에 심장이 뚫린 모히칸 헤드는 비명조차 지르지 못한 채 축 늘어지고 말았다.

준서는 냉정하게 고개를 끄덕였다.

"확실하군."

이 찌르기 수법에는 요령이 있었다. 검을 세워 찌르면 늑골에 걸리는 경우가 있기에 찌르는 순간, 검을 비스듬히 눕혀 늑골을 피해야 했다.

쑥.

군도를 잡아 뺀 준서는 두어 번 비트는 연습을 한 다음에 핏물을 놈의 옷자락에 닦았다.

아낙이 불안한 눈빛으로 두 사람을 경계했다. 준서는 개의치 않고 아낙에게 물었다.

"누구 패거리인 줄 아시오?"

"나이트의 부하들이에요."

"어디 있소?"

"술집 옐로우하우스에 있을 거예요. 거기서 살다시피 하거든요."

"알겠소."

나쁜 사람이 아니란 생각이 들었는지 은발 소년이 꾸벅 인사를 했다.

"아저씨, 고맙습니다."

"꼬마야, 엄마랑 오래 살고 싶냐?"

"네."

"그럼 강해져라. 네가 네 자신을 보호할 만큼. 그렇지 않으면 세상이 널 잡아먹어 버린다. 알았냐?"

은발 소년은 세차게 머리를 끄덕였다.

"네, 명심할게요."

준서는 은발 소년의 머리를 쓰다듬어 주었다.

"좋아, 남자는 그래야지."

*   *   *

나이트가 있다는 술집의 이름은 '옐로우하우스'였다.

어떤 것인지 이름으로 짐작하고도 남음이 있었다. 다운타운 입구에 써진 간판을 보고 확인했는데, 가죽 사냥꾼들이 쉼터로 사용한다는 술집 중 하나일 것이었다.

술집 가까이 가자, 지방 특유의 노랫소리가 들렸다.

딱 하나 있는 술집에서 흘러나오는 노랫소리였다.

준서와 제냐가 나타나자, 취객들이 경계의 눈빛으로 두 사람을 훔쳐보았다.

"안에 계신가?"

주렴을 걷고 술집 안으로 들어서자, 노랫소리가 요란해졌다. 노래는 떠돌이 악사가 부르는 것이었다.

술집은 제법 질편했다.

검은 면사를 두른 댄서들이 가슴을 훤히 드러낸 채 사내들에게 교태를 부리고 있었다. 그중 하나가 준서에게 다가와 풍만한 가슴을 들이밀었다.

"오라버니, 사냥꾼이야?"

나름대로 야심차게 가슴을 들이밀었지만, 준서의 표정은 시들했다.

"그것 좀 눈앞에서 치워 줄래?"

댄서가 가슴을 살짝 흔들었다.

"이게 싫어?"

"어."

"아니, 왜?"

"더러워서."

"이런 미친놈이."

발끈한 댄서가 돼먹지 못하게 치마 속에서 단도를 꺼내 목을 찔러 왔다.

"죽어!"

준서는 두 손가락을 들어 댄서의 손목을 내리찍었다. 댄서는 비명을 지르며 단도를 떨어뜨렸다.

"아야!"

"작부 짓을 계속할 생각이면, 사람 정도는 알아봐야지. 안 그래?"

"살, 살려 주세요."

"걱정 마. 죽을죄는 아니니까. 대신, 묻는 말에 대답해 주면 좋겠어. 나이트 어디 있어?"

"저, 저기요."

댄서가 가리킨 곳에는 까무잡잡한 사내가 탁자에 걸터앉아 깊은 눈매로 이쪽을 바라보고 있었다. 뺨은 칼날에 근육이 끊겼는지 축 늘어져 있었고 몸에는 조잡한 장식물을 걸치고 있었는데, 목걸이에는 말라 쪼그라들어 시커멓게 된 사람의 귀가 주르르 꿰여 있었다.

일종의 전리품일 것이었다.

놈이 얄팍한 입술을 씰룩였다.

"내가 나이트이야. 왜 찾는 거지?"

"뻔한 거 아닌가?"

"후후. 내 목을 노리는 거냐?"

"아니, 정확하게는 머리 가죽."

나이트가 옆에 놓인 도끼를 쳐들었을 때였다.

"……!"

나이트는 도끼를 휘둘러보지도 못하고 몸이 얼어붙고 말았다. 이미 준서의 군도가 심장 깊이 박혀 버렸기 때문이었다. 그의 얼굴이 점차 일그러져 갔다.

"어떻게 된 거지?"

이해가 되질 않았다.

거리는 충분했고 도끼의 파괴력으로 충분히 압도할 수 있다고 생각했던 것이다.

"말이 돼?"

그저 평범한 찌르기로 보였는데, 눈으로 보질 못했다고 할 수밖에.

준서는 군도를 빼내며 툭 내뱉었다.

"설명하자면 길다. 그냥 뒈져라."

푸악!

준서가 군도를 뽑아내자 뚫린 구멍에서 검붉은 피가 분수처럼 솟구쳐 나왔다.

"끄으으."

쿵.

나이트는 그대로 마치 거목이 쓰러지듯 앞으로 거꾸러졌다. 준서는 옆으로 슬쩍 비켜섰고, 나이트는 자신의 핏물에 얼굴을 처박고 말았다. 어이없이 당한 게 억울한지 충혈된 눈알을 홉뜨고 있었다.

"뭘 가지고 있는지 볼까?"

준서는 쪼그려 앉아 놈의 허리춤을 뒤졌다.

"대장!"

그걸 본 나이트의 부하 셋이 달려들었다.

"죽어!"

왼손으로는 나이트의 전낭을 뒤지며 보지도 않고 군도를 횡으로 휘둘렀다.

쉭.

그러자 여섯 개의 다리가 먼저 바닥에 굴렀고, 기세 좋게 달려들었던 세 놈은 잘린 다리를 붙들고 고통스러운 비명을 질러 댔다.

"으아, 내 다리!"

다리를 잃은 세 놈은 기어서 술집 밖으로 도망치려 했다.

준서는 천천히 놈들을 따라 나섰다.

"도와줘! 저놈이 대장을 죽였어."

팩! 팩! 팩!

놈들이 동료들에게 도움을 청하는 동안 준서는 무자비하게 군도를 휘둘렀다. 그들의 등에는 혈선이 그어졌고, 이내 길게 벌어지더니 핏줄이 터져 나갔다.

"아악!"

비명을 지르는 놈들의 등을 밟고 준서는 머리통에 차례로 군도를 쑤셔 박았다.

제냐는 놀라서 숨소리조차 내지 못했다.

"……!"

이 남자, 전쟁에서 대체 뭘 한 거지?

비명 소리를 듣고 여기저기서 튀어 나온 놈들이 동상처럼 서 있었다. 잔혹한 광경에 몸이 굳어 버린 것이었다.

준서는 씩 하고 웃으며 입술을 비틀었다. 그 기괴한 표정은 마치 악귀를 보는 것 같았다.

"니들이 전부냐?"

나이트를 따르는 가죽 사냥꾼들은 모두 스물세 명이었다. 그들은 갑자기 나타난 살인귀에 의해 도륙을 당하고 말았다. 그것도 자신들의 본거지와 같은 블랙스톤 마을에서.

준서는 군도를 휘휘 돌려 보았다.

몸에 맞는 옷처럼 손에 착 달라붙는 느낌이었다. 이는 실전을 통해 얻어진 감각. 준서는 길바닥에 널브러진 시체들을 보며 낮게 중얼거렸다.

"연습 상대가 되어 주어 고맙다."

제냐는 죽은 놈들의 주머니를 뒤져 돈과 지도를 챙겼다. 준서가 돌아오자 그녀는 해맑게 웃으며 돈과 지도를 흔들었다.

"짭짤한데요? 여비는 충분히 벌었어요."

"그건 뭐지?"

"지하 터널 지도요."

얼굴의 마을 사람들은 넋이 나간 표정으로 구경을 했다. 그들의 앙상하고 불안한 시선은 온통 준서에게 꽂혀 있었다. 자신들을 학대하고 수탈하던 가죽 사냥꾼들이 죽었지만 그들의 마음에서는 불안감이 떠나질 않았다.

당연했다.

그들의 입장에서 낯선 이방인은 또 다른 수탈자, 그 이상으로 보이지 않을 테니까.

'지금 같은 취급을 하는 건가?'

준서는 제냐의 손에서 전낭을 빼앗았다.

"왜요?"

"돌려주게."

"그러니까 왜요."

"마을 사람들 돈이잖아."

"쩝. 그렇긴 하네요."

못내 아쉬운 듯 입맛을 다시는 제냐를 등지고 준서는 촌장을 찾아 돈을 돌려주었다.

"고맙소이다."

촌장에게 물었다.

"역으로 들어가는 입구가 있다고 들었소만. 어딘지 아십니까?"

"오늘은 교회당 지하실이오."

"알겠습니다."

준서는 촌장에게 간단히 인사를 한 후, 군도를 등에 꽂고 돌아섰다. 준서가 교회당을 향해 걸어가자 그제야 제냐가 손을 흔들며 종종걸음으로 쫓아갔다.

"같이 가요!"

*　　*　　*

마을 블랙스톤의 교회당은 배수구 근처 부락에 있던 것과는 달랐다. 흙 담이 아니라 붉은 벽돌로 지어져 있었다. 건축 양식도 갖춰져 있고, 첨탑도 있었다. 제단 앞이 첨두형 아치로 된 걸 보니 대성당의 구조와 많이 닮아 있다고 느꼈다. 이 교회당을 세운 게 반군이 아닐까? 하는 생각도 들었다.

제냐가 교회당 여기저기를 살폈다.

"지하실 입구가 어디지?"

촌장이 회랑에 깔린 카펫을 둘둘 말았다.

"여기라오."

그러자 나무로 된 문이 나왔고, 그것을 열자, 지하로 내려가는 계단이 아스라이 보였다.

"연맹 보안군의 눈을 피해 이렇게 해 놓은 것이외다."

"그렇군요."

"하지만 이곳도 사용한 지가 꽤 오래되었소."

"여기로 들어가면 역과 연결이 되나요?"

"그러하오. 하지만 조심하시……."

촌장의 염려가 끝나기도 전에 준서는 거침없이 계단을 내려갔다.

"같이 가요!"

계단은 폐쇄된 지하철의 플랫폼과 연결되어 있었다. 세 사람은 플랫폼에서 나무 사다리를 타고 레일로 내려갔다. 터널 벽에는 검은 절연 테이프를 칭칭 감은 케이블이 설치되어 있었고, 케이블에는 20미터 간격으로 희미한 램프가 걸려 있었다.

그것이 발밑을 밝히는 빛의 전부였다.

1킬로미터 정도 걸어 들어가자 첫 번째 초소가 나왔다. 보초가 세 사람을 기다리고 있었다. 보초는 촌장을 알아보고 세 사람을 통과시켰다. 조명 구간이 끝나자 촌장이 회중전등을 꺼내 제냐의 발밑을 비쳐주었다.

"조심하시구려."

"네."

두 번째 초소가 나왔다. 초소 앞에서 둥근 털모자에 두툼한 재킷을 입은 건장한 사내 두 명이 상인 세 명과 실랑이를 벌이고 있었다. 그들이 상인인 것은 금방 알아볼 수 있었다. 커다란 보따리, 손에 든 터널지도, 번들거리는 눈빛이 그러했다.

"이제 좀 보내주십시오. 지나가기만 하면 됩니다."

"높은 경고 단계가 발효 중이라 아무도 못 들어가."

"그게 무슨 말입니까?"

"단속이 강화되었다는 말이야. 잡혀가서 요새에 갇히고 싶어?"

요새는 연맹에서 운영하는 악명 높은 감옥을 뜻했다.

"끙. 알겠습니다."

세 사람이 다가가자 초소에서 불빛을 얼굴에 정통으로 비췄다.

"블랙스톤에서 왔소이다."

"촌장이쇼?"

"예."

"어쩐 일로?"

"대장을 뵐 일이 있어서 말이외다."

*　　　*　　　*

길은 복잡했다. 역에서 네 개의 터널 중에서 한 개의 터널로 갔다는
것은 알았지만. 그게 정확히 어느 터널인지는 몰랐다. 거미줄처럼 얽
혀 있는 터널 구조 때문에 연맹 수색대가 이들을 소탕하지 못하는 게
아닐까 싶었다.

"아, 떨려."

"왜?"

"그렇잖아요. 붉은 전갈의 소굴로 들어가는 건데."

준서는 철로의 중앙을 걸어갔다. 한 번에 한 발자국씩. 그 발걸음
에서 두려움 따위는 찾아볼 수 없었다.

제냐는 자신의 머리를 툭 쳤다.

'바보, 이 남자. 악명 높은 가죽 사냥꾼 일당을 단칼에 쓸어버렸었

잖아.'

은근히 안심이 되었다.

"사실, 뭐. 저도 안 떨려요. 한번 해 본 소리예요."

"갑자기 용기가 생긴 모양이군."

"원래 용감했거든요? 혼자서 씩씩하게 큰 걸 보면 몰라요?"

"언제부터 혼자였는데?"

"아빠가 처형당한 후부터요."

"……?"

"시민권 위조범으로 연맹 경찰에 잡혀 처형당하셨죠."

"힘들었겠군."

"이젠 괜찮아요. 잊을 순 없지만."

약 5분 후, 멀리 전방에서 깜빡거리는 불빛이 보이자 길을 안내하던 보초가 말했다.

"불빛이 보입니까? 저기가 망루요."

물론 이곳에는 망루가 없었다. 망루란 운행이 멈춰 버린 녹슨 열차를 말하는 것이었다. 미리 연락을 받은 듯 열차 안에서 땅딸보 사내가 안으로 들어오라는 손짓을 했다. 준서는 촌장을 앞세우고 열차 안으로 들어갔다. 제냐는 늘 바싹 붙어 움직였다. 열차 안에는 험상궂은 사내들이 무장을 한 채 불청객을 바라보았고, 땅딸보는 자신의 키보다 커 보이는 기관총을 들고 있었다.

"반갑구려. 촌장."

"식량은 충분하신지요."

"덕분에."

"그래. 무슨 일이오."

"잠시만."

촌장이 귓속말을 하자 땅딸보가 준서를 돌아보았다.

"주정뱅이 헨드릭스를 찾는다고?"

준서는 고개를 한 번 까닥였다.

철컥. 무장 사내들이 갑자기 돌변하여 총의 자물쇠를 풀었다. 주정뱅이 헨드릭스란 말에 예민하게 촉각을 곤두세운 것이었다.

"따라와."

땅딸보는 촌장만을 남겨두고 준서와 제냐를 두 번째 객차로 데려갔다. 객차에는 벽을 따라 놓여 있는 의자에 긴 테이블이 놓여 있었다.

제냐가 따졌다.

"왜 여기로 데려오는 거죠?"

제냐의 질문은 무시하고 땅딸보는 준서에게 물었다.

"나이트 일당을 해치웠다고."

"오기 전에."

"대단한 실력이군. 우리 대장을 본 적은 있나?"

준서는 짤막하게 대답했다.

"없지."

땅딸보가 의심의 눈초리를 거두지 않고 말했다.

"전혀 모르는군."

"뭘 모른다는 건데."

"우리의 존재에 대해서 말이야."

"범죄 집단이라고 들었어."

"우리가 그저 하찮은 범죄 조직으로 보이나?"

"글쎄, 뭐든 신경 안 써. 나와는 상관없는 일이니까."

"좋아. 잠깐 기다려 봐."

*   *   *

재민은 신우를 데리고 놋쇠이빨이 말한 마을로 내려왔다. 마을은 처참했다. 마을은 대체로 흙과 돌로 이루어져 있었고, 흙으로 빚어 만든 교회당, 돌로 대충 쌓은 망루, 녹은 눈에 물컹거리는 진창길은 눈살을 찌푸리게 했다.

재민이 투덜거렸다.

"뭐야. 이거. 걷기도 힘들잖아."

신우는 말없이 재민의 뒤를 따랐다.

뎅그렁.

세월에 쓸려 녹이 슨 교회종이 나직하게 울렸다. 신우는 고개를 슬쩍 들어 교회의 종을 올려다보았다.

'교회가 있네. 여기도 신을 믿는 사람이 있을까?'

"여기 선술집이 어디 있어요?"

그러는 동안 재민이 마을 사람에게 물어 선술집의 위치를 알아 왔다.

"마을 뒤편에 있단다. 가자."

"응."

천공 도시에서 배출한 매연으로 공기는 묵직하고 탁했다.

처참한 마을을 지나자 시장이 나왔다. 기둥을 세우고 천막으로 가려놓은 것이 상점의 전부였다. 여전히 검은 재가 섞인 폭설이 내렸지만, 천공 도시의 배수구에서 나온 뜨거운 열기 때문에 눈은 땅에 닿기도 전에 녹았다.

'토할 거 같아. 하지만, 준서만 만날 수 있다면 참을 수 있어.'

'사냥꾼의 오두막' 이란 간판이 보였다.

재민과 신우는 조심스럽게 술집의 문을 열고 들어갔다. 술집 안은 손님들이 피워 대는 담배 연기로 온통 자욱했다. 늙은 바텐더는 두 사람에게 눈길도 주지 않았다. 세상을 달관했거나 체념한 표정으로 앉아 있다가 손님들에게 술을 팔곤 했다. 손님들은 대부분 돈푼깨나 만지는 상인이나 가죽 사냥꾼들이었다. 굶는 게 일쑤인 마을 사람들에게 술은 꿈도 꾸지 못할 사치였다.

"창가에 앉자."

"응"

신우는 재민이 정해 준 자리에 앉으며 말했다.

"준서가 여기 왔었을까?"

"글쎄, 알아봐야겠지. 잠깐만 기다려."

재민은 카운터로 가서 늙은 바텐더에게 말을 걸었다.

"사람을 찾는데요. 열여덟 살 된 남자 녀석입니다."

"보아하니 이방인이군. 이곳의 룰을 가르쳐 주지. 술집에서 뭘 물어볼 때는 주문을 하는 게 예의일세."

"아하. 그래요? 뭘 팔죠?"

"술."

"알코올이 들어가지 않은 음료는 없나요?"

"없어. 하지만 약한 칵테일은 있지."

"두 잔 주세요."

재민은 손가락에 낀 반지를 빼서 카운터 위에 올려놓았다.

"돈이 필요하니 나머지는 거슬러 주세요."

"만 루피 쳐주지."

늙은 바텐더는 엷은 노란색 칵테일 두 잔을 내놓았다.

"레모네이드일세. 그러나 보드카가 살짝 들어가 있으니 술은 술이지."

칵테일 두 잔을 받아 들며 재민은 늙은 바텐더에게 재촉했다.

"이제 질문에 대답해 주시죠."

"여기 오는 술꾼들을 내가 다 기억하겠나?"

"……."

"게다가 열여덟 살밖에 안 된 어린놈이 이런 데를 올 리가 없잖아. 여기는 저기 보이는 주정뱅이들뿐이라고."

"그런가요?"

"음, 낯선 사내가 제냐랑 같이 온 적이 있었지. 아주 거칠고 험악한 사내였어. 하지만 열여덟 살은 아니었어. 제냐보다 많아 보였으니까. 혹시 그 사내를 찾나?"

거칠고 험악하다고? 그러면 준서는 아닐 것이었다.

"아닙니다."

재민은 실망하여 칵테일 잔을 들고 테이블로 돌아왔다. 신우가 궁금한 얼굴로 물었다.

"뭐래?"

"이방인을 보긴 했다는데 준서는 아닌 것 같아."

"……."

이렇게 먼 곳까지 왔는데 준서를 만날 수 없다니. 가슴으로 휑하니 찬바람이 들어오는 것 같았다. 울고 싶을 정도로 그리워 가슴이 북받쳤다.

'흑, 어디 있는 거야.'

재민이 칵테일 잔을 앞으로 내밀었다.

"마셔 봐. 마음이 좀 가라앉을 테니."

신우는 알코올이 섞인 레모네이드를 한 번에 들이켰다. 그러자 목구멍이 훅하고 달아올랐다.

"아케론이 이곳으로 보낸 거에는 어떤 이유가 있을 거야. 그러니 준서는 분명히 여기에 있어. 그렇지?"

"아마도."

"우리 끝까지 찾자. 포기하지 말고."

"그러자."

그때였다. 뱀처럼 차가운 눈빛을 한 사내가 다가왔다. 깡마른 체격에 키가 2미터 가까이 되는 약간 기형적인 인상의 사내였다. 신우는 본능적으로 경계를 했다. 사내는 기분 나쁜 미소를 지으며 재민에게 물었다.

"시간의 표류자인가?"

"누구지?"

"나 역시 너와 같은 목적을 지니고 있지. 후계자를 찾는 것 말이야."

재민은 서울 숲에서 본 표류자를 기억했다.

"꽤나 많군. 생각보다."

"후후. 그러게 말이야. 어지간하면 빠져 줬으면 좋겠는데. 저마다의 사연이 있으니 그러기도 쉽지 않더라고. 결국 죽어야 포기를 하겠지."

재민은 놈의 목에 걸린 쇠사슬과 두 개의 낫을 보았다.

'만만치 않아 보이는군.'

"찾았나?"

"아직."

"그럼, 일어나 봐야겠군."

놈은 긴 팔과 다리를 흐느적거리며 술집을 나갔다. 신우가 걱정된 목소리로 물었다.

"누구야?"

"준서를 노리는 놈."

"우리가 먼저 찾아야 해. 응?"

재민은 놈이 나간 문을 응시하며 고개만 끄덕였다.

"응."

*　　*　　*

땅딸보를 기다리는 동안 준서는 잠시 눈을 감고 있었다. 그러자 하나의 기억이 선명하게 떠올랐다.

'전쟁에서 아주 하찮고 보잘것없는 하급 부대에 속해 있었던 같다. 그러나 모든 싸움의 시작은 우리로부터 시작되었고, 첫 번째 죽음은 늘 우리의 몫이었다.

왜냐면 항상 선봉이었으니까.

장장 칠 년.

연맹 진압군과 반군과의 전쟁은 무려 칠 년간이나 지속되었다.

싸움이 벌어진 곳에서는 풀뿌리조차 남지 않았고, 반군들이 흘린 피는 땅의 색을 바꾸었다. 이는 이 전쟁이 얼마나 참혹했는지를 대변해 주는 말.

칠 년 전쟁은 고된 장정이었다.

폭설이 몰아치는 북쪽 오지이든 사물이 녹아 버릴 것 같은 열사(熱沙)의 땅이든, 눈이 오든 비가 오든, 우리는 명령만 떨어지면 출정을 해야 했다.

그날, 그러니까 부대의 마지막 전투가 있던 날, 우리는 깃발을 들고 미친 듯이 마운틴—K의 정상을 향해 내달렸다.

절망적인 상황.

두려운 TK—100에게 포위되었고, 지원군이 오지 않으면 한 시간 내에 전멸할 상황이었다.

지원 요청 신호는 정상에서 조명탄을 쏘아 올리는 것이었다.

그래서 달렸다.

정상을 향해 죽을힘을 다해, 죽더라도 깃발을 꽂고 죽으리란 각오로 내달렸다.

TK—100의 역장포가 코앞에서 터지더라도 양다리는 눈밭을 달릴 것이었으며, 총탄이 날아와 등에 와서 박힐지라도 정상에서 조명탄을 쏘아 올릴 것이었다. 결국 정상에 섰고, 약속대로 조명탄을 터뜨렸지만…… 그러나 지원군은 오지 않았다.

빌어먹을!

마운틴—K의 정상에는 황량한 바람만 불어 미치게 만들었다.

왜 오지 않는가! 다들 어디에 있는가! 지원군은 아직 오지 않았는가! 이 개자식들아, 우린 다 죽으란 말이냐!'

제냐가 물었다.

"어디 아파요?"

준서는 그제야 눈을 떴다.

"아니."

"무슨 생각해요? 땀까지 흘리면서."

뜬금없는 대답.

"다 죽었어."

"누가요?"

"같이 싸웠던 동료들."

제냐가 눈을 동그랗게 떴다.

"기억이 났어요? 기억이 돌아온 거예요?"

준서는 양손으로 얼굴을 감싸며 대답했다.

"일부분만."

"너무 실망하지 말아요. 조금씩 기억을 되찾아가는 모양이니까."

그때였다. '붉은 전갈'의 대장이라는 자가 객차 안으로 들어왔다. 그의 얼굴을 보는 순간, 준서는 크게 놀랐다. 아케론이었기 때문이었다. 잘못 보았나하고 다시 봤지만, 눈앞에 서 있는 사람은 분명히 아케론이었다.

이렇게 반가울 수가 없었다.

'여, 여기 있었어요?'

그러나 이상했다. 아케론의 눈빛은 냉담했다. 뭐랄까. 아는 사람을 대하는 눈빛이 아니었다.

이 사람…… 나를 모르잖아.

그는 부하에게 뭐라고 지시를 내린 후에야 낯선 이방인인 준서에게 눈길을 주었다.

"헨드릭스를 찾는다고?"

뭔가 잘못되었다. 이게 뭐지?

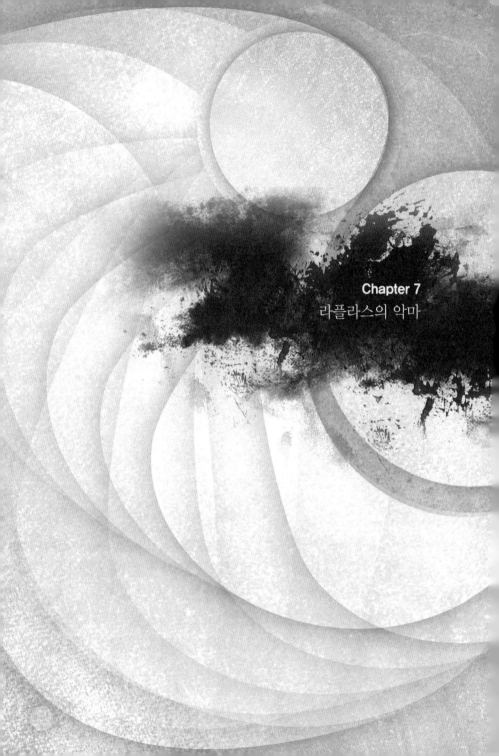

Chapter 7
라플라스의 악마

* 라플라스의 악마 : 현재에 대해 모든 것을 알고, 그것을 통해 미래를 유추하는 존재로, 만약 누군가가 전 우주의 모든 원자들의 위치와 운동량을 알고 있다면, 고전 역학의 법칙들로 그 원자들의 어떤 과거나 미래의 물리 값을 알아낼 수 있다는 이론 ─ 프랑스의 수학자 피에르 시몽 라플라스.

아케론이 물었다.

"헨드릭스는 왜 찾지?"

마땅한 대답이 없었다. 지난 칠 년의 기억을 잃어버린 상태에서 메시지를 받았다고 하면 믿어줄 리가 없기 때문이었다. 하여 준서는 대충 얼버무리고 말았다.

"나도 모르겠소. 그렇게 지시를 받아서."

"누구의 지시지?"

"그건 말해 줄 수 없소."

"묻지는 말고 대답만 해라. 그런 뜻인가?"

"……."

"재미있군."

생각했다. 지금의 아케론은 나를 만난 적이 없는 아케론인가?

어떻게 해야 할지 판단이 서질 않았다.

제냐가 나서서 대신 변명을 해 주었다.

"칠년 전쟁에서 살아남은 사람이에요. 그 충격으로 기억까지 잃어 버렸다고요."

아케론이 준서를 힐끗 보더니 엷게 입꼬리를 말았다. 그다지 신뢰하거나 호의적인 태도는 아니었다.

"직접 참전하진 않았지만, 나는 사령관으로 지휘 본부에서 전투를 통제했지. 전황을 다 알고 있었다는 얘기야. 내게 그런 거짓말이 통할 거 같나?"

준서는 눈을 들어 아케론을 쳐다보았다.

"사실이오."

"드론(drone—무인정찰기)을 띄워 철저하게 수색했었어. 그러나 생존자는 없었어."

제냐가 흥분하여 언성을 높였다.

"말 좀 해 봐요. 믿질 않잖아요."

제냐가 재촉을 한 탓인지 부분적이나마 기억이 떠올랐다.

―모선(母船)에 지원을 알리는 방법은 뭔가?

　―정상에서 조명탄이 터지면 곧바로 모선의 지원 공격이 시작
될 것입니다. 그렇지 않으면 한 시간 후에 우리와 합세하기로 약
속되어 있습니다. 적진을 뚫고 정상까지 가기는 무리로 보입니다.
아무래도 이 자리에서 방어 태세를 갖추고 버텨야 할 것 같습니
다.

　―좌표는?

준서는 기억나는 대로 좌표를 말했다.

"북위 27도 59분 17초, 동경 86도 55분 31초."

"……?"

"우리가 공격했던 좌표를 말하는 거요."

아케론이 놀란 듯 잠시 멈칫했다. 그와의 시선이 잠깐 엉켰다. 그
는 놀라면서도 여전히 의심이 남아 있는 표정으로 물었다.

"그 좌표는 우리의 최후의 저항이 있었던 곳인데…… 그곳을 어떻
게 알지?"

"나도 거기에 있었으니까."

아케론은 단호했다.

"생존자는 없었다니까!"

이번에는 준서가 반문했다.

"왜 지원군을 보내지 않았소."

"신호를 받지 못했다. 위험을 무릅쓰고 기다렸지만 결국 조명탄을
발견할 순 없었지."

"내 손으로 직접 조명탄을 쏘아 올렸소."

"그럴 리가 없어. 그 전투만 승리했으면, 반격의 기회를 잡았을 수도 있었는데."

"그랬다면, 부하들이 전멸 당하지도 않았겠죠."

"……."

아케론도 많이 흔들리는 모습이었다. 그때, 반군 요원 하나가 객실로 들어왔다.

"대장. 출정 준비가 되었습니다."

*　　　*　　　*

재민은 문득 좋은 생각이 떠올랐다.

"신우야. 준서 사진 있어?"

"응. 여기."

신우는 지갑에서 준서랑 같이 찍은 사진을 꺼내 주었다. 재민은 그 사진을 들고 카운터로 갔다. 그리고 늙은 바텐더에게 그것을 보여주었다. 늙은 바텐더가 고개를 갸웃거리며 말했다.

"비슷한 거 같은데?"

"그래요?"

"이게 더 어려보이지만 그 터프한 놈이 맞는 거 같아."

그때였다. 선술집 문이 부서지며 험상궂은 사내 십여 명이 몰려들어 왔다. 제일 앞에 선 자는 사람의 해골과 이빨을 머리카락으로 꼬아 만든 목걸이를 두르고 있었다. 그는 숲에서 봤던 놋쇠이빨이었다. 무엇 때문에 화가 났는지 그는 잔뜩 취해 커다란 사냥칼을 닥치는 대로 휘둘러 테이블과 의자를 부쉈다.

늙은 바텐더가 그에게 소리쳤다.

"이봐, 케네스! 왜 그러는 거야!"

"영감, 그 낯선 놈이 어디로 갔다고?"

"내가 어떻게 알아!"

"그놈이 내 부하인 나이트를 죽였어."

"어디서?"

"블랙스톤에서."

신우가 재민에게 조용히 물었다.

"준서 맞대?"

"그런 거 같아."

가슴이 쿵쾅거렸다. 준서의 존재를 확인한 것만으로도 신우는 흥분을 감출 수 없었던 것이다.

"어떻게 해야 해?"

"저 녀석이 찾는 게 준서야. 지금은 조용히 있어."

"응. 그럴게."

놋쇠이빨 케네스는 분을 참지 못하고 계속 난동을 부렸다.

"대체 이놈이 어디로 간 거야."

그때였다. 언제 나타났는지 아까 봤던 깡마른 녀석이 창틀에 쪼그려 앉아 놋쇠이빨을 비웃었다.

"멍청하긴."

"내가 왜 멍청하지. 창?"

이름이 창이라면, 중국계인가.

"부하들이 몰살당한 곳이 블랙스톤이라며."

"그런데?"

"그럼, 거기서 단서를 찾아야지."

"……?"

"후후. 내가 먼저 가서 놈을 찾을 테니 천천히 오라고."

창은 창틀을 밟더니 몸을 날렸다. 경신술을 쓰는 것 같았다. 그는 한 번의 도움닫기로 눈이 쌓인 숲 속까지 날아갔다.

"이런, 약삭빠른 놈. 우리도 쫓아가자!"

창이 사라지자 놋쇠이빨 케네스도 부하들을 데리고 선술집을 허둥지둥 빠져 나갔다.

재민이 신우를 보았다.

"우리도 블랙스톤이란 마을로 가자. 거기에 가서 단서를 찾는 거야."

신우는 다짐이라도 하듯 힘주어 대답했다.

"알았어."

＊　　　＊　　　＊

아케론은 준서와 제냐를 세 번째 객실로 데려갔다. 많은 사람들이 테이블에 앉아 있었고, 알루미늄 그릇에는 뜨거운 콩 스튜와 으깬 감자가 들어 있었다. 매부리코에 볼품없이 비쩍 마른 사내가 일어나서 말했다.

"동지들. 이것이 마지막 식사일 수도 있습니다. 따뜻할 때 맛있게 드십시오."

무슨 일인지 사람들의 표정은 자못 비장했다.

"감사히 먹겠습니다."

가지런한 금발의 들창코 소년이 콩 스튜를 허겁지겁 먹었다. 마치 음식이라곤 처음 먹어 보는 것처럼.

제냐가 스튜를 한 입 먹어 보더니 말했다.

"진짜 토마토와 닭고기가 들어가 있네요. 먹어 둬요. 여기서는 보기 드문 음식이니까요."

"그러지."

제냐의 말대로 따뜻한 음식은 참 오랜만이었다.

누나가 급하게 만들어 주었던 샌드위치, 아빠 캠핑장에서 해 주었던 철판 볶음밥, 같이 끓여 먹었던 라면, 그런 것들이 문득 그리워졌다. 돌이켜 보면, 그때가 그래도 행복했던 거였다. 모두가 같이 있었으니까.

만찬(?)이 끝나자, 아케론이 일어나 상황 보고를 했다.

"4대 곡물 메이저들의 담합 일정과 장소를 알아냈소. 그동안 기다린 보람이 있었던 것 같소. 우리는 곧 천공 도시로 잠입하여 임무를 수행할 것이니 여러분들은 행운을 빌어주시오."

"담합을 저지합시다!"

"연맹을 격파합시다!"

담합 장소를 습격할 계획이 분명했다. 과연 이 전력을 가지고 성공할지는 모를 일이었다. 그때, 지저분한 가운을 걸친 중년 사내가 객실로 들어왔다. 몸집이 무척 작고, 눈썹이 지나치게 길었다. 전형적인 연구가 스타일이었다. 그는 술에 찌든 모습으로 테이블에 앉았다. 그리고 뭔가를 연신 주절거리며 스튜를 먹었다. 먹는 내내 그의 주절거림은 멈추질 않았다.

"dH=ipdl/r제곱이야. 여기서 p는 P로부터 원소 dl까지 이르는 수직거리지."

알코올 중독자가 되어 버린 천재 물리학자 같은 인상을 주었다. 이자가 주정뱅이 헨드릭스인가? 그렇게 생각하는 동안 중년 사내가 뜬금없이 물었다.

"무슨 뜻인지 알아?"

준서는 고개를 저었다.

"모릅니다."

"현재를 모두 알면 미래를 예측할 수 있다는 뜻이야. 라플라스의 법칙이라고도 해."

"선생께서는 미래를 아십니까?"

"알지."

"미래는 어떨 것 같습니까?"

"기계들이 세상을 지배하고 있지. 인간들은 노예나 다름없는 삶을 살고. 너무 쉬운 질문은 날 실망시켜."

"그렇지 않습니다."

준서가 부정하자 헨드릭스는 소리를 버럭 질렀다.

"감히 내 이론이 틀렸다는 거냐!"

"저는 미래에 가 봤으니까요."

"그래? 네놈이 본 미래는 어떠한데."

"연맹과 4대 곡물 메이저가 세상을 지배하고 있었습니다. 기계들은 그들이 만들어 낸 부산물이죠."

헨드릭스는 준서를 비웃었다.

"끌끌. 장님이 코끼리 다리 만지듯 보았구나. 연맹이든 곡물 메이저든. 그들의 배후에는 엄청난 기계가 있다. 그들은 꼭두각시일 뿐이야."

배후 음모론을 말하고 있다. 정말 미친 건가?

"너도 4대 곡물 메이저의 담합을 막으면 세상이 달라지리라고 보는 거냐? 저놈처럼?"

그렇게 말하며 헨드릭스는 아케론을 가리켰다.

"그렇습니다."

"턱도 없는 소리."

"왜 그렇죠?"

"나도 그렇게 생각했어. 과거에 수행된 행동들은 반드시 미래를 바꾼다고. 하지만 그건 틀렸지. 왠지 알아? 시간은 전적으로 주관적인 것이기 때문이야."

"무슨 말인지 못 알아듣겠습니다."

"그 시간이란 것은 자기 자신의 연속성을 가지고 있을 뿐이니까. 하나의 연속성이 다른 연속성에 영향을 미치지 못하더라는 말이야. 그러니까 시간 여행을 하더라도 각자의 타임 라인만 오르내리는 거지. 그 이상의 의미는 없더라고. 이건 천재들만 아는 얘기야."

"그렇지 않습니다. 분명히 막대한 영향을 미치고 있고. 제가 사는 세상은 그것 때문에 폐허가 되어가고 있습니다."

"네놈이 어디서 왔는데?"

"2013년에서요."

주정뱅이 헨드릭스가 머리를 흔들었다.

"이상하군. 정보 통합 시스템이 만들어지지 않는 한 그건 불가능한데."

"누군가 만들었겠죠."

"크하하. 웃기지 마라. 그건 나밖에 못 만들어. 그리고 이제 막 구상을 끝냈는데. 누가 만들었다는 거야?"

"서기 2525년에 다녀온 적이 있습니다."

"그래서?"

"선생께서 정보 통합 시스템이란 걸 개발하고도 남는 시간입니다."

주정뱅이 헨드릭스가 부스스한 머리를 긁적였다.

"헐. 결국 내가 만들어 낸 건가?"

"……"

"술이 필요하군. 이봐. 술을 좀 가져와."

가만히 지켜보던 아케론이 반군 요원에게 술을 갖다 주라는 지시를 내렸다. 그때. 띠—링 하고 메시지 알림표시가 떴다. 준서는 테이블 밑으로 메시지를 확인했다.

[—주정뱅이 헨드릭스를 찾았나? y/n]

준서는 주저 없이 'yes'를 눌렀다. 이어지는 메시지, 아니 명령은 준서를 당황하게 만들었다.

[—그를 죽여라.]

왜 이런 지시를 하는 거지? 혼란스러웠다. 이 메시지를 남긴 건 대체 누군가. 아케론이 아니란 말인가. 어찌 됐건 지금 이 사람을 죽일 순 없었다. 그렇게 되면 돌아갈 일이 막막해지기 때문이었다.

"중간 벽을 깰 수 있는 방법을 아십니까?"

"알지."

"가르쳐 주십시오."

"왜?"

"저는 여기서 나가야 합니다. 제 시간대로 돌아가야 합니다."

"폐허가 되어간다며."

"그래도 가족이 있으니까요."

"헐헐. 가족이라 요즘은 잘 쓰지 않는 단어로군. 자네 이름이 뭐지?"

"준서입니다."

"한국 사람인가?"

"예."

"여기서는 한국 사람 보기가 힘들지. 그들은 매우 스마트해서 미래 사회에 적응을 잘했지. 그래서 대부분 천공 도시에 살지."

그랬나?

"발음이 어렵군. 간단히 '존'이라 부르세. 흔한 이름이지만……뭐, 자네 한국 이름하고 발음이 비슷하잖아."

낯선 곳에서 이름 따위가 무슨 소용 있겠는가. 뭐라고 불리든 상관 없다고 생각했다.

"그러시죠."

헨드릭스는 보드카를 병째로 마시며 말했다.

"중간 벽은 순열과 조합이야. 그것이 틀리면 시간의 궤적이 달라지기 때문에 타임 워프를 하다가 튕겨 나가는 것이지."

"선생께서는 간단히 풀 수 있겠군요."

"하하. 나한테는 산수지. 산수. 그러나 문제는 연맹의 슈퍼컴퓨터에 접속을 해야만 한다는 거. 그게 함정이야."

"그 슈퍼컴퓨터는 어디에 있습니까?"

"그거야 천공 도시 중앙 통제실에 있겠지."

"제가 모시겠습니다. 가서 중간 벽을 해체해 주시지요."

주정뱅이 헨드릭스가 화들짝 놀라며 거부했다.

"천공 도시로 들어간다고? 그건 자살행위야. 난 술 마시다가 죽었으면 죽었지. 자살 같은 건 하고 싶지 않아."

준서는 눈에 힘을 주었다.

"같이 가주셔야겠습니다."

"아, 싫다잖아."

준서는 군도를 빼 들어 주정뱅이 헨드릭스의 어깨에 올려놓았다.

"선생께서는 선택의 여지가 없습니다. 저를 따르든가 죽든가. 둘 중의 하나입니다."

"왜, 왜이래. 난 죽고 싶지 않아."

아케론이 권총을 준서에게 겨누었다.

"검을 치우지 않으면 죽는다. 당장 내려놔라."

준서의 눈에 푸른 살기가 서렸다. 분노 때문에 기력이 증폭되어 롱코트가 크게 부풀었다. 준서는 분노에 찬 목소리로 경고했다.

"나를 막으려 한다면, 모두 몰살당할 것이오. 한 사람도 빠짐없이. 한번 해 보시겠소?"

*　　　*　　　*

반군들이 준서에게 총을 겨누었다.

준서는 군도를 휘저어 중력파를 오른쪽으로 흩뿌렸다. 그러자 반군들이 중심을 잃고 우르르 왼쪽으로 쏠렸다. 그들에게는 지금 왼편 창문이 열차 바닥처럼 느껴질 것이고, 열차 바닥은 벽처럼 느껴질 것이었다. 중력의 위치를 옮겨놓았기 때문에 벌어지는 현상이었다. 그런 이질감 탓에 그들은 한참이나 중심을 못 잡고 헤매야 했다. 그런 과정에서 대부분 총을 놓쳤고, 균형 감각이 뛰어난 몇몇이 새로운 중력 맞서 저항에 보았으나 더 이상은 무리였다.

"어맛!"

제냐도 마찬가지였다. 미리 언질을 주지 않았기에 그녀 역시 나동그라지고 말았다.

열차 손잡이에 의지한 채 아케론이 물었다.

"중력의 힘을 조정할 줄 아나?"

준서는 고개를 까닥였다.

"그렇소."

"알겠네. 이제 그만하게. 자네들도 총을 내려놓고."

준서는 중력파를 회수하여 중력을 원상태로 되돌려 놓았다.

중력이 정상을 되찾자 반군들이 중심을 잃은 여자와 아이를 먼저 챙겼다. 주정뱅이 헨드릭스도 투덜거리며 테이블에 앉았다. 용케도 술병은 꽉 쥐고 있었다.

"아이고, 별로 마시지도 않았는데 핑핑 도는구먼."

아케론이 심각한 얼굴로 준서를 쳐다보았다.

그는 익히 알던 아케론이 아니었다.

불현듯 나타나 아케론은 그렇게 말했었다. 2013년 5월 16일. 도쿄에 모여 카르텔을 결성하려는 곡물 메이저들을 막으려고 왔었다고. 중간 벽에 막혀 1994년으로 날아가 버렸다고. 그러나 이 사람은 불현듯 나타나 그렇게 말했던 아케론이 아니었다.

"중력을 사용할 수 있는 능력은 아무나 발휘할 수 없지. 자넨 누군가?"

아케론의 물음에는 대답하지 않고 준서는 자신의 할 말만을 했다.

"나는 당신을 만난 적이 있소."

아케론의 미간이 좁혀졌다.

"나를? 난 자네를 처음 보는데."

"당신이 날 찾아왔었죠."

"그때가 언제지?"

"2013년."

아케론이 고개를 갸웃거렸다.

"난 그 시간대에 간 적이 없네. 중요한 임무를 맡고 이곳으로 곧장 왔지."

"그 임무란 게 담합을 막으려는 것 아니오?"

"어떻게 알지?"

"당신이 말해 줬으니까. 나를 만난 당신은 중간 벽에 부딪혀 1994년으로 튕겨져 나갔다고 했지. 이곳으로 오지 못하고."

"······!"

"둘 중 어느 쪽이 진짜요?"

주정뱅이 헨드릭스가 약간 혀 꼬부라진 목소리로 끼어들었다.

"둘 다 아케론일 수도 있지. 하나는 94년으로, 하나는 여기로 왔을 수도 있다는 얘기야. 둘은 영원히 만날 수 없겠지만. 결국에는 한 사람이지."

아케론이 헨드릭스에게 물었다.

"왜 이런 일이 벌어진 거죠?"

"해야 할 일이 두 가지인 경우 아닐까?"

"저는 12사제단의 명을 받아 담합을 막으려고 온 것입니다. 94년의 저는 무엇 때문에 거기로 간 것일까요."

헨드릭스가 시니컬하게 반응했다.

"낸들 알겠나."

아케론이 준서를 쳐다보았다.

"어찌할 생각인가."

준서는 단호히 말했다.

"지금의 당신은 나는 모르는 사람이오. 나와 상관없다는 뜻이오. 그러니 당신네들의 계획과는 상관없이 나는 천공 도시로 갈 거요."

"자네를 만나서 무슨 일을 꾸민 건지 알 도리가 없군."

"그것은 나도 궁금하오."

"중앙 통제실에 접근하기가 쉽지 않을 걸세."

"그거야 하기 나름."

헨드릭스가 슬그머니 도망치려 했다.

"난 안 갈 거야."

준서는 헨드릭스의 목덜미를 끌어당겼다.

"당신은 가야 해."

아케론이 제안을 했다.

"목적은 다르지만 천공 도시로 잠입해야 하는 이유는 같네. 거기까지는 같이 움직이세."

천공 도시에서 활동하기 위해서는 가짜 시민권이 필요했다. 오래 준비한 듯 반군들은 잠입에 필요한 모든 장비를 갖추고 있었다. 땅딸보가 아주 작은 마이크로 칩을 보여주며 말했다.

"이게 ID칩이야. 가짜 시민권만 가지면 천공 도시로 갈 수 있다는 생각은 착각이지."

그는 가짜 시민권을 스캔하여 ID칩에 집어넣었다. 그리고 그 ID칩을 자기 팔뚝에 주사했다.

"자, 한 명씩 팔뚝 내놔."

천공 도시로 잠입하는 반군들은 모두 팔뚝에 ID칩을 심었다.

준서와 제냐도 예외는 아니었다.

"시민권뿐만 아니라 칩에는 신분 등급과 돈도 들어 있어."

제냐가 물었다.

"화폐 가치가 어떻게 되죠?"

"신용이야. 신용은 노동의 대가로 축적되지."

"나는 신분 등급이 어떻게 돼요?"

"우리 모두 5등급 평민이야. 그 이상은 카피하기 힘들어."

*　　*　　*

천공 도시.

100층까지는 근린 시설, 판매 시설, 문화 및 집회 시설, 업무 시설 등이 있고, 그 위로 주거 시설이라고 땅딸보가 설명했다. 그리고 지하층에는 상·하수 처리장, 배관 시설, 쓰레기 집하장 등 도시 관리 시설이 있었다.

보통의 시민들은 여객 터미널에 위치한 정식 출입국 관리소를 이용했다. 그러나 반군 일행은 이곳을 통하지 않고, 노예 상인이나 불법 상인들이 이용하는 쓰레기 집하장을 통해 들어갔다. 출입국 직원은 돈을 받고 불법 상인들로 변장한 반군 일행을 들여보내 줬다.

출입국 직원이 물었다.

"며칠이나 있을 건데?"

"일주일만 머물게 해 주십시오."

땅딸보가 사정을 했으나 출입국 직원은 딱 잘라 거절했다.

"안 돼. 너무 길어. 이번에는 동행도 많고. 이러다 걸리면 내 모가지도 날아가. 알아?"

"그럼, 5일만."

"삼 일. 딱 삼 일이야. 삼 일 후 이 시간에 나타나라고."

"쩝. 알겠습니다."

반군 일행은 여객 터미널로 가기 위해 중앙 광장으로 나갔다. 중앙 광장은 시청과 탑을 비롯한 다양한 건물들이 전체를 이루어 하나의 피라미드 모양으로 만들어져 있었다. 북쪽에 있는 분수대에는 애들이 뛰어놀았고, 아이스크림 가게나 카페마다 사람이 북적거렸다.

빛은 많았지만 자연광으로 채광되는 것은 아니었다. 광장을 둘러싼 숲도 인공조명으로 형성된 것이고, 공기도 시설 관리 공단에서 공급하는 배급 공기였다. 그럼에도 불구하고 그럴 듯했다. 자연스러웠다는 뜻이다.

제냐는 화려한 광장을 돌아보며 말했다.

"흠, 내가 만든 가짜 시민권이 이렇게 쓰였구나. 올 만하네."

밖과 안은 천지 차이였다. 흙과 돌로 만들어진 마을에 비하면 이곳은 천국에 가까웠다.

아케론이 준서에게 말했다.

"회의는 도쿄 무역 센터에서 열리네."

"얼마나 걸립니까?"

"오리엔탈 익스프레스를 타면 15분 정도?"

"많이 가까워졌군요."

"한 정거장일세. 마지막 정거장이지."

준서는 천천히 걸으며 생각했다. 곡물 메이저의 담합이 여기서 깨지면 어떤 결과가 나올까. 인과율에 어떤 영향을 미칠까. 그건 의문이었다.

주정뱅이 헨드릭스가 말했다.

"제대로 된 커피를 마셔본 지가 까마득하군."

아케론이 대답했다.

"커피 한 잔 마실 여유는 있습니다."

주정뱅이 헨드릭스의 표정이 밝아졌다.

"가장 즐거운 얘기군."

반군 일행들은 아케론의 허락을 받아 노천카페에 자리를 잡고 앉았다. 보안경찰도 보이질 않았다. 수만 명이 돌아다는 곳이라 아마 CCTV로 관리하지 싶었다.

제냐가 일어섰다.

"제가 사올게요."

"여기서는 ID칩으로 사는 걸세."

"그래요?"

제냐는 준서의 팔을 끌어 잡아당겼다.

"같이 가요."

"귀찮게 하는군."

"여기 생활에 익숙해져야 아무래도 행동이 자연스러울 거 아니에요."

갖다 붙이기는.

준서는 제냐의 등쌀에 마지못해 몸을 일으켰다. 카페는 숲과 나무, 바위 등이 조화를 이루도록 설계되어 있었다. 점원 안드로이드가 두 사람을 반겼다.

"어서 오십시오. 무엇을 원하십니까? 원하시는 게 있는지 메뉴 이미지를 확인하십시오."

메뉴는 카페 입구 디스플레이에 움직이는 이미지로 소개되고 있었다.

"이렇게 하는 건가?"

제냐는 자신의 ID칩을 메뉴 이미지에 접촉시켰다. 그러자 디스플레이에 각종 음료 종류가 나타났다.

　　－선택항목－

　　〈카테고리 1〉

　　1. 아메리카노 : 5,000 credit chip

　　2. 카페오레 : 6,000 credit chip

　　3. 캬라멜 마키아또 : 7,000 credit chip

　　4. 녹차라떼 : 6,000 credit chip

　　etc

　　〈카테고리 2〉

　　*칼로리: 10k~100k

　　〈카테고리 3〉

　　*나트륨: low−normal−high

　　*칼륨: low−normal−high

　　etc

"아, 주문하는 법 알았다. 나는 녹차라떼, 칼로리 제로, 나트륨 함유량은 낮은 걸로 먹을래요."

머리가 좋은 편이었다. 제냐는 디스플레이를 터치하여 능숙하게 주문을 했다.

"봤죠? 난 천잰가 봐."

"……."

"당신은요?"

"아무거나."

제냐가 투정하듯 입술을 쌜쭉 내밀었다.

"칫. 재미없어."

제냐를 보면 자꾸 신우가 생각났다.

"같은 걸로."

"이거나 그거나."

제냐가 남은 디스플레이를 보며 크레딧을 확인했다.

　　—현재: credit 350,000
　　—요청: credit 100,000
　　—변경: credit 250,000

"뭐야. 괜히 내 돈만 썼잖아."

준서는 제냐가 커피를 사는 동안 광장을 둘러보았다. 광장은 인공조명을 끌어들여 마치 자연광 같은 실내 분위기를 연출하고 있었다. 대단한 기술력이 아닐 수 없었다.

'탄압과 착취로 얻은 것이겠지.'

　　　　*　　　*　　　*

네오 서울. 중앙역.

50량(輛)짜리 오리엔탈 익스프레스 530편이 거대한 괴물처럼 플랫폼으로 머리를 들이밀었다.

—도쿄행 오리엔탈 익스프레스 530편이 곧 출발할 예정입니다. 승객께서는 탑승을 서둘러 주시길 바랍니다. —

안내 방송이 나오자 승객들은 여행 가방을 챙겨 들며 자리에서 일어섰다. 열차를 기다리던 승객들의 표정에는 설렘이 가득했다.

전화박스 옆, 수상한 무리들.

반군 일행이다.

상인들로 변장을 한 반군 일행은 무사히 탑승 준비를 마쳤다. 제냐는 조용히 앉아 승객들의 감정을 관찰하고 있었다.

'좋겠다.'

설렘이란 미지(未址)로의 여행에 대한 기분 좋은 느낌 같은 것. 그런 느낌을 제냐는 기억하고 있었다. 천공 도시를 처음 봤던 날, 가슴이 터질 듯한 설렘에 잠을 이루지 못하지 않았던가.

"후우."

천공 도시는 죽었다 깨어나도 갈 수 없는 곳임을 누군가 가르쳐 주었지만 어린 시절 제냐는 가끔 꿈을 꾸었다. 유전자 변형 콩이 들어 있는 통조림이 아닌 진짜 음식을 먹으며, 따뜻한 물에 샤워를 하고, 천공 도시의 시민들처럼 여행을 하며 사는 꿈을 말이다.

적어도 열 살 때까지는 꿈을 꾼 것 같았다.

아빠가 처형당하기 전까지는.

"당신은 가족이 있어요?"

"응."

"어디에 있어요?"

"내가 왔던 곳에."

"그래서 돌아가려는 거죠? 귀환병처럼."

"그래."

"난 가족이 없어요. 혼자죠. 사실 돌아갈 곳도 없어요."

"알아."

"다만 이 지긋지긋한 곳에서 빠져나가고 싶은 것뿐이지. 다른 이유는 없어요."

"약속은 지킬게."

"정말요?"

"응."

제냐가 살포시 머리를 어깨에 기댔다.

"고마워요."

제냐가 어깨에 기대고 있는 동안 준서는 뭔지 모를 애틋한 감정을 느꼈다. 이런 감정을 자각한 적은 없었다. 고맙다는 생각은 했지만, 이렇게 구체적으로 떠오른 적은 처음이었던 것이다.

열차가 곧 출발을 하겠다고 신호를 보냈다.

"이제 일어나야지."

"아응. 조금만 더 있다가 출발하지."

"……."

열차로 올라갔다. 종착역인 네오 도쿄를 한 정거장 남겨놓은 탓인지 객실은 한산했다.

제냐가 창가로 앉자, 준서는 그 반대편에 자리를 잡았다.

"왜 옆에 앉지 않아요?"

"이게 편해."

"헐. 내 옆이 불편하다고요?"

"어."

"내 얼굴하고 몸매를 다시 한 번 제대로 보고 얘기해요."

"싫어."

"쳇. 대합실이 좋았잖아."

편하다는 말은 거짓말일지도 몰랐다. 은연중에 신우를 의식한 걸지도.

복잡하게 생각하고 싶지 않았다. 제냐의 얼굴에 신우가 오버랩 되는 것도 싫었다. 해서 준서는 턱을 괴고 창밖으로 시선을 돌렸다.

푸른 하늘 아래 만년설이 덮인 높은 산맥이 보였다.

아름답기 그지없는 풍경이다.

그러나 그것은 실상(實像)이 아니라 허상이었다. 액정 유리창을 통해 보여주는 가상 영상일 뿐.

생각했다. 2013년은 지금 어떤 계절일까 하고.

아마도 뜨거운 여름이지 싶었다. 태양이 작열하고 세상은 온통 짙은 초록색으로 분칠을 할 것이었다.

궁금했다. 이 여름의 향연이 끝날 때쯤이면, 2013년은 어떤 모습으로 세상에 서 있을까.

세상은 본래의 모습을 되찾을 수 있을까.

아니, 되돌아갈 수는 있을까.

시간이 꽤 흘렀는데…… 아빠, 누나, 신우, 모두 나를 잊어버리진 않았을까.

말투에 짜증이 묻어나왔다.

"지겹군. 같은 풍경."

"그러게요. 순 사기예요."

제냐도 투덜거리며 유리창을 향해 리모컨을 쏘았다.

그러자 창밖 풍경이 바다 속으로 바뀌었다. 가상이지만 영상이 너무도 선명하여 마치 열차가 바다 속을 통과하는 듯한 착각을 주었다.

"우리가 사는 땅은 이렇지 않잖아요."

검붉은 땅과 먼지 가득한 잿빛 하늘, 어떤 생물도 살 수 없을 것 같은 그런 황폐한 풍경이 사실이 아니던가.

"폐허지."

"아까 보여준 능력은 뭐예요? 중력을 사용했다는 거."

"눈에 보이진 않지만 모든 사물은 고유한 중력파를 발산하고 있어. 지구의 중력에 비해 너무 미미하기 때문에 드러나지 않을 뿐이야. 그것을 감지해 순간적으로 극대화할 수 있다면, 엄청난 파괴력을 발휘하게 되지."

"에너지가 필요할 텐데요."

"기력을 쓰면 돼."

"어떻게?"

"어떻게?"

"태어날 때부터 사용할 수 있었냐고요."

"아니, 훈련을 통해 만들어진 거야."

아케론이 짐을 챙기며 반군들에게 말했다.

"5분 후, 도착이다. 다들 준비하라."

Chapter 8
도쿄 카르텔(cartel)

* 카르텔(cartel) : 동일 업종의 기업들이 이윤의 증대를 노리고 자유 경
　쟁을 피하기 위한 협정을 맺는 것으로 시장 독점의 연합 형태.

　하늘과 맞닿은 것처럼 보이는 초고층 빌딩들이 있는 스카이라인에
화려한 오로라가 떠 있다. 공기가 탁하고 먼지가 많은 탓에 빌딩 유리에
비친 오로라는 짙은 초록색이다.
　스카이라운지에 있는 회의실.
　이백 층에 위치하여 전망이 좋은 회의실에는 백인 세 명과 동양인 한
명이 브리핑 자료를 검토하고 있었다. 세 명의 백인은 3대 곡물 메이저
의 대표들이었고, 동양인은 네오 도쿄를 대표하는 곡물 기업 마루베니
(丸紅) 상사의 변호사 다카하시였다.
　백인들이 마루베니(丸紅) 상사의 회장을 찾았다.

"미스터 요시노부는 안 오셨습니까?"

"곧 오실 겁니다. 그동안 차나 한 잔 하시지요."

다카하시는 곡물 메이저의 대표들에게 차를 권했다.

"금각사의 특차입니다."

"오. 그 유명한."

막 따른 찻잔에서는 김이 모락모락 피어올랐다.

"이 차는 상당히 씁니다. 그렇기에 달달한 과자와 함께 먹지요."

"그렇군요. 하하."

"한번 드셔 보시지요."

"그럽시다."

과자를 먹은 백인들이 미간을 찡그렸다.

'욱!'

말이 과자지 이건 완전히 설탕 덩어리였기 때문이었다. 너무 달아 뱉어 내고 싶을 정도였다. 백인들은 얼른 차 한 모금을 마셨다. 처음에는 과자의 단 맛 때문에 차의 쓴맛이 느껴지질 않았다. 그러나 과자가 다 녹아갈 때쯤 입안에 차의 쓴맛이 확 하고 퍼졌다. 솔잎을 우려낸 색깔이었는데 왜 이런 차를 마시는지 이해가 되질 않았다. 백인들은 동시에 생각했다.

'뭐지? 이 작자들은 왜 이런 차를 준 거지?'

같은 빌딩 50층. 관광 명소 하버랜드의 한 레스토랑. 고풍스러운 나무 테라스에는 바다를 내려다보며 식사를 할 수 있는 테이블이 비치되어 있다.

평소라면 손님들로 북적거려야 할 시간.

오늘은 오직 한 테이블에만 손님이 앉아 있다.

정통 기모노 차림에 백발을 곱게 빗어 넘긴 노신사.

마루베니(丸紅) 상사의 회장 요시노부다.

그는 깊이 있는 눈매로 항구의 정경을 내려다보고 있었다. 그의 주위에는 건장한 사내들이 좌우를 경계하며 서 있었다. 그때, 날카로운 인상의 사내가 다가와 요시노부의 어깨에 호피코트를 걸쳐주었다. 요시노부의 오른팔인 행동대장 사사키였다.

"가이초(會長), 이제 올라가시지요."

"차 맛을 보여 주었나?"

"예. 회장님."

"달달함 뒤편에는 쓴맛이 있다는 걸 알려주려고 한 짓인데, 백인들이 알아들었으면 좋겠군."

"모르면 제가 직접 가르쳐 주겠습니다."

"암. 그래야지. 허허."

                    *   *   *

천공 도시의 구조는 비슷했다.

도쿄의 다른 점은 광장 가운데에 신사본청(神社本廳─전국의 신사를 관리하는 부서)이 자리하고 있다는 점이었다. 오늘은 특별한 날이라 경비가 삼엄했다. 보안경찰이 다섯 배는 더 깔린 것 같았다. 반군들은 각자 흩어져서 움직이기로 했다. 회의장은 출입이 엄격히 제한되어 있었기에 단체행동을 하지 않았던 것이다.

준서는 제냐와 헨드릭스를 데리고 움직였다.

제냐가 물었다.

"어떻게 올라가죠?"

준서가 짧게 대답했다.

"전망용 엘리베이터로."

스카이라운지까지 올라가는 엘리베이터는 전망용밖에 없었기에 이는 어쩔 수 없는 선택이었다.

"엘리베이터는 원격조종 당할 수 있어요. 잘못하면 갇힌단 말이에요."

"방법이 없잖아."

"다른 사람들은 어떻게 올 생각일까요?"

"다른 사람까지 생각할 거 없어. 우리만 생각하면 돼."

제냐의 입술이 삐죽 나왔다.

"당신은 가끔 너무 냉정해요."

제냐의 말은 개의치 않고 준서는 헨드릭스에게 물었다.

"중앙 통제실 슈퍼컴퓨터는 여기서도 연결되는 거 맞소?"

"당연하지."

"뒤에 꼭 붙어서 따라오시오."

"알았네."

전망대 엘리베이터 쪽으로는 바리케이드가 쳐져 있었다. 그리고 그 앞을 안드로이드 보안경찰이 삼엄하게 지키고 있었다. 관광객들이 줄을 서서 엘리베이터를 기다렸다. 그때, 아케론으로부터 통신이 왔다.

[어딘가.]

"전망용 엘리베이터요."

[그쪽은 위험해.]

"가장 빠른 방법이요. 길게 끌면 도망칠 기회를 주는 거요."

[경비 요원들이 복도를 채우고 있네.]

"상관없소."

[미쳤군.]

"내 방식대로 처리하겠소."

[여기서 모니터링을 해 주겠네. 엘리베이터 문이 열리면 연락하게.]

"알겠소."

*　　　*　　　*

준서는 두 사람을 데리고 엘리베이터에 올라탔다. 관광객들이 있어 ID 검사는 형식적이었다. 올라가는 동안 안내 도우미가 열심히 네오 도쿄 홍보에 열을 올렸다. 관광객들은 대부분 유럽 쪽에서 온 사람들이었다. 관자놀이가 지끈거렸다. 여러 가지 생각들이 머릿속을 꽉 채웠다.

준서는 제냐의 허리를 끌어당겼다.

"어맛!"

느닷없는 행동에 제냐가 얼굴을 살짝 붉혔다.

"왜, 왜요?"

준서는 제냐의 옷 속을 뒤져 기관총을 꺼냈다. 그것을 본 안내 도우미가 화들짝 놀라 비상벨을 울리려 했다. 준서는 안내 도우미의 이마에 기관총을 겨누며 말했다.

"관광객들 데리고 내려."

제냐가 엘리베이터를 세웠다. 겁에 질린 관광객들이 앞 다투어 엘리베이터에서 내렸다. 엘리베이터는 다시 전망대를 향해 올라갔다. 그동안 준서는 아케론과 통신을 했다.

"경비 요원의 위치는?"

[문 앞에 하나. 복도 오른쪽으로 돌아서 회의장 쪽으로 둘.]

"알겠소."

엘리베이터 앞에는 요원 하나가 의자에 앉아 신문을 읽고 있었다. 띠링 하고 엘리베이터 멈추는 소리가 나자, 그는 신문을 접으며 고개를 들었다.

탕!

총열을 나선으로 빠져나온 총알은 요원의 이마에 작은 구멍을 냈다. 그는 눈을 부릅뜬 채 뒷머리를 벽에 기대고 말았다.

준서가 제냐에게 말했다.

"영감님 데리고 벽 뒤에 숨어 있어."

"네."

준서는 팔을 틀어 복도 오른쪽을 향해 두 발을 발사했다.

탕. 탕.

시야도 확보되지 않고 고개도 돌리지 않은 채였다. 마치 요원들의 동선을 파악하고 있듯이. 총알은 복도 안쪽에 서 있던 두 요원의 관자놀이를 관통했다. 그것을 본 제냐가 입을 떡 벌렸다.

'이, 이 사람 뭐지?'

요원이 발사한 총알이 문짝의 경첩에 맞으며 팅 하는 소리를 냈다.

총소리를 들은 안드로이드 보안경찰들이 회의실 문을 열고 복도로 뛰어나왔다.

준서는 거침없이 회의실 쪽으로 걸어갔다.

"적이다!"

한 보안경찰이 짧게 소리치자, 다른 보안경찰들이 하던 짓을 멈추고 다짜고짜 기관총을 발사했다.

드르륵. 드르륵.

총구에서 십자 형태의 불꽃이 일었다.

준서는 군도를 가볍게 휘저어 기(氣)로 된 보호막을 형성했다. 총알이 1미터 앞에 형성된 보호막에 맞고 이리저리로 튀었다.

위이잉.

바리케이드 앞에 선 놈이 제일 먼저 드릴로 준서의 복부를 찔러 들어왔다.

꽉. 준서는 군도를 강하게 틀어쥐었다.

패액!

그리고 군도를 휘둘러, 드릴로 치고 들어오는 보안경찰의 기계 팔을 단칼에 날려 버렸다. 잘린 기계 팔이 세차게 날아가 벽에 부딪혔다. 보안경찰이 중심을 잃고 휘청거리는 순간, 군도의 손잡이로 놈의 목덜미를 강하게 찍어 눌렀다. 그러자 금속이 부러지는 소리가 우지직하고 들렸다.

"뒤예요!"

제냐의 외침에 돌아보니 보안경찰이 뒤에서 드릴을 찔러 넣으려 하고 있었다. 준서는 재빨리 돌아서며 군도로 놈의 머리통을 내리쳐 버렸다.

콰직!

뭔가 바스러지는 듯한 타격감이 손바닥에 느껴졌다. 기분 나쁜 감촉이었다. 놈은 머리통이 부서진 상태로 계속 공격하려고 허우적거렸다.

준서는 비릿하게 웃었다.

"애쓰지 마라."

부──욱.

군도를 아래로 내리쳐 두 번째 놈의 머리통을 후려쳤다. 부서진 머리통에서 쏟아져 나온 검은 물이 바리케이드에 뿌려졌다.

"크윽!"

기계 몸이 멈추기 전에 놈이 소리쳤다.

"……지원을 요청해!"

*　　*　　*

위이잉. 철컥. 위이잉. 철컥.

보안경찰 수십 명, 아니 수십 기가 몰려왔다. 회의실 문까지는 불과 50미터였다. 한 가지 생각만 떠올랐다.

'담합만 막으면 모든 게 정상으로 되돌아오는 건가?'

보안경찰 놈들이 한꺼번에 공격을 해 왔다.

"그래. 한꺼번에 와라."

어떤 이유도 통하지 않는 싸움. 오직 생존을 위한 싸움에 익숙해져 있었기에 아무런 동요도 일어나지 않았다.

"죽어!"

한 놈이 튀어 올랐다.

자연스럽게 군도를 휘둘렀다. 횡으로 휘두른 군도는 여지없이 놈의 양쪽 정강이를 절단 냈다. 기세 좋게 차올랐던 놈의 드릴은 허망하게 공기만 베었을 뿐이었다. 반면 정강이가 잘려 버린 탓에 놈은 무릎으로 착지할 수밖에 없었다.

쿵.

'끝을 보여 주지.'

준서는 군도를 내뻗어 기파를 우측으로 몰아쳤다.

보안경찰들의 왼편 공간에 원형의 푸른 기운이 형성되었다.

중력의 핵이었다.

새롭게 바뀌어 버린 중력의 힘 때문에 보안경찰들은 중심을 잃고 우왕좌왕했다.

준서가 손잡이에 기력을 모으자 군도가 웅웅 하고 울었다. 그리고 칼날에 붉은 기운이 모여들었다.

아무 생각이 나질 않았다.

이 공간에는 군도와 일체가 된 자신과 베어 버려야 할 보안경찰들만이 존재했다. 그 사실은 눈을 감고도 싸울 수 있을 만큼 선명하게 뇌리에 각인되었다.

준서는 군도를 머리끝까지 쳐들었다가 바닥으로 내리쳤다.

파—앙!

붉은 기운이 날아가며 바람을 일으켰다. 압력풍이었다. 바람은 중심을 잃고 헤매는 보안경찰들을 일거에 쓸어버렸다.

"……."

부수고, 자르고, 베고, 찌르고, 금속 조각과 검은 기름이 튀는 도륙의 현장이 되었다.

이때부터는 눈으로 보고 싸우는 게 아닌 것 같았다.

또 다른 감각.

사람이 가지고 있는 감각이 아닌 또 다른 감각이 있어서 싸움을 이끌고 있었다. 준서는 그 감각에 몸을 맡기고 군도를 휘둘렀다.

부서져 널브러진 보안경찰이 50대도 넘어 보였다. 잘린 머리통, 기계 팔, 기계 다리, 몸통, 자잘한 부속품들, 그것들이 수북이 쌓여 회의실 앞은 쓰레기장을 떠오르게 했다.

깨진 부품들 사이로 처절한 비명 소리가 흘러나오는 것 같았다.

준서는 붉은 이빨을 드러내며 씩 하고 웃었다.

"후후."

숨을 죽이고 구경을 하던 제냐는 낮게 뇌까렸다.

"저 사람. 어떻게 저럴 수 있지?"

*　　*　　*

회의실 안.

백발의 노신사 요시노부는 불쾌한 표정으로 창가에 서 있었다. 평정심을 지키고 있지만, 그의 눈빛에는 기분 나쁜 긴장감이 감돌고 있었다. 중대한 협상을 앞두고 테러리스트 난입이라는 초유의 사태를 맞았기 때문이었다. 겉으로는 내색하지 않았으나 그의 속은 이미 부글부글 끓고 있었다.

'어떤 놈들이 감히 도쿄에서 난동을 부린단 말인가. 보안경찰은 뭘하고 있고.'

금테 안경을 쓴 차가운 인상의 남자가 요원들과 함께 회의실로 들어왔다. 보안 책임자였다. 그는 겁을 먹고 있는 곡물 메이저 대표들을 안심시켰다.

"반군들이 난입한 거 같습니다. 하지만 곧 진압군이 올 테니 안심하십시오."

벙기(bunge)의 대표 알렉산더가 짜증을 냈다.

"놈들은 지금 문밖에 있지 않나."

"에어 실드가 있으니 회의실 내부는 염려치 않으셔도 됩니다."

프랑스를 기반으로 하는 루이스 드뤠퓌스 사(社)의 대표 앙리도 불편한 심기를 드러냈다.

"하여간 이 사태는 연맹 지도부에 강력히 항의하겠네. 그리고 문제가 생기면 네오 도쿄에서 책임을 져야 할 것이네."

그때, 요시노부가 원탁으로 돌아와 의자에 착석했다. 그는 짐짓 의연한 태도를 보이며 세 명의 대표에게 말했다.

"동양 속담에 좋은 일에는 마(魔)가 낀다고 하였습니다. 액땜했다고 생각하고 회의를 진행하십시다."

카길(cargill)의 필립이 총소리가 나는 문 쪽을 돌아보았다.

"아직 정리가 안 된 듯합니다만."

요시노부는 다시 한 번 안전을 강조했다.

"이중삼중으로 안전장치가 되어 있으니 걱정하지 않으셔도 될 것이외다."

그제야 세 명의 대표들은 요시노부의 제안에 응했다.

"알겠소이다."

"시작합시다."

곡물 메이저들의 대표들은 마루베니(丸紅) 상사의 변호사 다카하시가 나눠준 프레젠테이션 자료를 펼쳤다.

다카하시가 보고서를 보며 입을 열었다.

"현재 4대 곡물 메이저의 매출은……."

*　　*　　*

안드로이드 보안경찰의 잔해에서는 푸른 스파크와 검은 연기가 피어오르고 있었다. 그것을 내려다보는 준서의 표정은 무서울 정도로 냉랭했다.

대체 혼자서 몇을 해치운 건지…….

지옥에서 갓 걸어 나온 사신(死神)을 보는 듯했다.

주정뱅이 헨드릭스는 준서의 뒷모습을 보며 혀를 내둘렀다.

"무지막지한 놈이군."

제냐가 말했다.

"이건 아무것도 아니에요."

"엥?"

"지옥 같은 전쟁터에서 혼자 살아남은 사람이니까요."

"정말인가?"

"사실이에요."

복도에서는 무선 비상벨이 요란하게 울렸다. 아케론과 반군 요원들이 도착한 것은 그때였다. 놀라기는 아케론도 마찬가지였다. 그의 미간이 좁혀졌다.

'이들을 혼자서 해치운 건가?'

놀라긴 했지만 구경하고 있을 여유는 없었다. 아케론은 땅딸보를 보며 문을 가리켰다.

"폭파시켜."

"예. 대장."

땅딸보가 문 중앙에 흰색 껌 같은 폭약을 붙이고 뇌관을 설치했다. 주로 절단 및 폭파용으로 사용하는 콤포지션(c—4)이었다.

폭약을 설치한 땅딸보가 반군들에게 주의를 주었다.

"다들 엄폐해!"

준서는 멍하게 서 있는 제냐를 끌어당겼다.

"몸을 숨기라잖아."

"문만 부수는 거 아니에요?"

"저 정도 양의 C—4면 한 층이 다 날아갈 수도 있어."

"어머. 정말요?"

"내 등 뒤에 꼭 붙어 있어."

"네."

준서는 비상구 쪽 벽에 몸을 숨겼다. 제냐는 준서의 등 뒤로 돌아가 얼굴을 살짝 묻었다.

'등은 따뜻하네. 말만 좀 다정하게 해 주지.'

콱!

굉음과 함께 검은 연기가 솟았지만 문은 멀쩡했다. 폭탄을 설치한 부분이 시커멓게 그을렸을 뿐, 일그러진 부분도 없었다. 땅딸보가 어이가 없다는 듯 아케론을 쳐다보았다.

"C—4 350그램이면 3층짜리 건물도 날릴 수 있는 양입니다……."

아케론은 연신 울리는 무선 비상벨을 의식하며 말했다.

"특수 재질 때문이겠지."

그때, 비행 로켓을 착용한 보안경찰들이 광장 중앙의 빈 공간을 통해 스카이라운지로 올라왔다. 반군들을 발견한 그들은 일제히 총질을 해댔다.

드르륵.

"반격해!"

반군들이 응사하자 스카이라운지에서는 일대 혼전의 총격전이 벌어졌다.

각종 엄폐물을 이용한 반군들에 비해 비행 로켓을 타고 올라오는 보안경찰 쪽은 불리했다. 그러나 시간을 끌면 끌수록 불리한 것은 오히려 반군 쪽이었다.

격렬한 총격전이 벌어지는 가운데 아케론은 땅딸보에게 지시했다.

"액체 폭약을 사용해."

"한 층이 날아갈 수도 있습니다."

"상관없어. 실패하면 아무 의미 없잖아."

"예. 대장."

땅딸보는 신속히 액체 폭탄을 설치하고는 점화시켰다. 액체 폭탄이 터지며 검붉은 연기가 솟아올랐다. 그러나 회의실 문은 끄덕도 하지 않았다. 땅딸보의 입에서 욕설이 나왔다.

"젠장!"

폭발음에 제냐가 깜짝 놀라며 준서의 등을 꽉 끌어안았다.

준서가 낮게 말했다.

"놔."

"네?"

"좀 놓으라고. 너무 끌어안고 있잖아."

제냐가 겸연쩍은 듯 웃었다.

"하하. 나도 모르게 그만."

제냐가 팔을 풀자 준서는 문 앞으로 걸어가 군도를 빼 들었다.

'설마 검으로 문을 벨 생각인가?'

의심하면서도 아케론은 반사적으로 소리쳤다.

"다들 엄호해!"

*　　　*　　　*

내부 전화를 받은 보안 책임자가 요시노부에게 다가가 보고했다.

"테러분자들은 곧 체포될 겁니다. 진압군이 오고 있답니다."

요시노부가 미소를 띠며 세 명의 대표들에게 말했다.

"곧 진압군이 온다는군요."

"다행이구려."

"그럼, 회의를 계속 진행할까요?"

요시노부는 차를 한 모금 마시며 회의를 속개했다.

"아시다시피 미래 사회는 식량 부족에 시달리게 될 것입니다. 따라서 우리 같은 기업들의 손길이 더욱 필요하게 될 것이오. 그동안 우리는 너무도 큰 기여를 해 왔습니다."

그 말에 모두가 동의를 했다.

"그렇습니다."

"우리가 아니었다면 지금 인구의 절반은 굶어죽었을 거요."

"당연하지요."

4대 곡물 메이저, 이들은 농산물 중개나 농사만 짓는 기업이 아니었다. 종자 개발과 공급은 물론, 거대 저장 시설 운영과 곡물 유통·운송을 위한 항만과 선박 사업까지 하고 있어 국가도 손을 대지 못하니, 이들의 오만함은 어쩌면 지극히 당연한 일이었다. 4대 곡물 메이저들은 국제 교역량의 80%, 세계 저장 시설의 75%를 점유하면서 국가를 초월한 거대 기업으로서의 비상을 눈앞에 둔 상태였다. 단 한 가지만 빼고. 요시노부는 오늘 그것을 제안할 생각이었다.

"금융. 우리가 금융만 갖는다면, 연맹까지도 통제할 수 있을 거외다."

"좋은 일이긴 한데. 언제 준비를 하겠소."

"벌써 블랙리버—에셋—매니지먼트 사(社)라는 회사를 세우고 인·허가를 받아두었소이다. 동의만 하시면 지분 투자를 받지요."

"역시 마루베니(九紅) 상사는 발이 빠르시군요."

"허허. 과찬을."

덜컹.

그때, 회의실 문이 활짝 열렸다. 보안 책임자가 절대 안전하다고 했던

문이 열린 것이다. 실상은 열린 것이 아니었다. 두 개로 쪼개진 것이었다. 회의실에 있는 사람들은 군도를 천천히 칼집에 넣는 준서를 보았다. 평정심을 잃지 않을 것 같았던 요시노부도 놀란 표정으로 문을 바라보았다. 한 발 안으로 내디디며 회의실로 들어온 것은 아케론이었다. 아케론은 회의실로 들어오자마자 요시노부를 쏘아보았다.

"훌륭한 계획이야."

"뭐하는 놈이냐."

"서기 2525년에서 반군을 지휘하고 있다. 네놈들이 만들어 놓은 엿 같은 체제에 대항하여 싸우는 중이지."

"……?"

아케론은 거침없이 총을 빼 들어 요시노부의 이마를 겨냥했다.

"네놈들은 충분히 누렸다. 하지만 네놈들의 시대도 오늘로 끝이다."

그리고 한 손으로는 담배 하나를 꺼내 천천히 입에 가져갔다. 요시노부가 의연한 태도를 보이려고 허세를 부렸다.

"설사 우리를 죽인다고 해도 너희들은 빠져나갈 수 없다."

"알아."

"목숨을 버릴 각오라도 했단 말이냐?"

아케론은 담배를 깊숙이 빨았다가 내뱉었다. 그리고 슬라이더를 뒤로 젖혔다. 철컥 하고 총알이 장전되었다.

"여기까지 오면서 그런 각오도 하지 않았을까?"

"……!"

더 이상의 허세는 없었다. 요시노부의 일그러진 표정에서 공포를 읽을 수 있었다.

아케론은 냉정하게 방아쇠를 당겼다.

"탐욕스러운 늙은이."

탕.

총성이 청명하게 울렸다. 요시노부의 이마에 구멍이 났다. 총알구멍은 선명했다. 아주 짧은 착각이지만, 뒤편 벽을 본 것 같기도 했다. 그리고 그 구멍으로는 찬 공기가 매섭게 빨려 들어갈 것 같았다.

"컥!"

놈은 눈을 부릅뜬 채 원탁 테이블에 얼굴을 처박았다. 이마에 난 구멍에서 붉은 피가 벌컥거렸다.

탕. 탕. 탕.

이어 세 번의 총성이 더 울렸다. 세 개의 총알은 곡물 메이저 대표들의 몫이었다. 보안 책임자와 회의실에 있던 나머지 요원들은 반군들이 제거했다.

회의실 바닥은 검붉은 핏물로 가득했다.

이들의 암살은 아케론의 염원이었다. 그의 목적은 4대 곡물 메이저의 담합을 막아 미래 2525년에 영향을 미치려고 한 것뿐만이 아니었다. 형 테오를 주인 놈들에 대한 복수의 의미도 있었다. 그것을 잘 알고 있는 준서는 개입하지 않고 지켜만 보았다.

'이 모습을 봤으면, 당신의 분노가 좀 풀리겠군.'

땅딸보가 기분 좋게 웃었다.

"이제 탈출만 하면 되겠군요."

아케론이 물었다.

"준비는 되었나?"

"예. 금방 호출했습니다."

준서는 생각했다.

'어떻게 탈출할 생각이지?'

*   *   *

궁금증은 금세 풀렸다.

대형 수송 헬기 NEW CH—47D가 거대한 전면 유리창에 모습을 드러냈다. 반군 요원들이 준비한 것이었다. 의도를 알 것 같았다. 진압군들이 몰려올 것이니 헬기로 탈출하려는 것이 분명했다.

준서는 고개를 끄덕였다.

'좋은 계획이군.'

아케론이 수신호를 보내자, 수송 헬기의 중기관총이 불을 뿜었다. 창문은 강화 안전유리였지만, 특수 탄환을 사용했기에 산산이 부서지고 말았다.

휘잉.

회의실 안으로 눈바람이 세차게 휘몰아쳤다. 바람의 힘은 강력했다. 처음에는 사무 집기들이 날아가더니 의자와 테이블도, 그리고 널브러져 있던 시체들까지 창문 밖으로 빨려나갔다.

아케론이 부하들에게 명했다.

"서둘러 헬기로 옮겨 타라."

"예!"

대형 수송 헬기에서 교량처럼 생긴 사다리가 뻗어 나와 창문틀에 걸

쳐졌다. 반군들이 사다리를 타고 신속하게 헬기로 넘어갔다.

남은 것은 준서와 제냐, 그리고 헨드릭스였다.

아케론이 물었다.

"안 갈 텐가?"

준서의 대답은 무거웠다.

"할 일이 있소."

"진짜 중앙 통제실에 접속할 생각이로군."

"장난삼아 검을 뽑았다고 생각하시오?"

"그렇진 않네만."

헨드릭스가 앓는 소리를 했다.

"난 정말 가기 싫다니깐."

준서는 강력한 눈빛으로 그를 제지했다.

"당신은 갈 수 없습니다."

"왜!"

"나랑 같이 가야 하니까."

"밖에 보안경찰들이 안 보여? 곧 진압군도 쳐들어올 거라고."

"알고 있습니다."

"그래도 안 가?"

"나는 그래도 안 갑니다."

"헐. 이거 완전히 미친놈이구먼."

준서는 제냐를 돌아보았다.

"이번이 살 수 있는 마지막 기회인지도 몰라."

제냐가 뾰루퉁한 표정으로 반문했다.

"이제 와서 혼자 가라고요?"

"위험하단 얘기야."

"당신, 약속 지킨다고 했잖아요."

"그랬지."

"그럼, 약속 지켜요. 이 지긋지긋한 곳에서 벗어나고 싶단 말이에요!"

준서는 머리를 두어 번 끄덕였다.

"알았어. 그렇게 해."

헨드릭스는 부스스한 머리카락을 움켜쥐고 길길이 날뛰었다.

"야, 인마! 너는 왜 갑자기 내 인생에 끼어든 거냐. 응?"

준서는 냉담하게 대답했다.

"당신이 내 인생에 끼어든 것입니다."

"중간 벽만 없애주면 내 눈앞에서 꺼질 거냐?"

"남아 있을 이유도 없지요."

"좋다. 돌아가자."

"······?"

"중앙 통제실에 접속할 수 있는 방법을 알았으니까 돌아가자고."

"거짓말로 빠져나갈 생각은 마십시오. 당신을 죽일 수도 있으니까요."

"그놈 참 무지막지하기는. 중앙 통제실의 개폐는 바이오 인식 장치로 되어 있다. 나도 여기서 안 거지만."

"무슨 뜻이죠?"

"홍채 인식으로 들어갈 수 있다는 말이야. 중앙 통제실에."

아케론이 의아한 듯 물었다.

"어차피 직접 가야한다는 말씀이잖습니까."

헨드릭스가 혀를 찼다.

"동쪽에서 소리를 내고 서쪽을 치라는 격언도 있지. 사고는 도쿄에서 치고 잠입은 서울에서 하는 거야. 어때. 그럴듯하지 않아?"

아케론이 다시 물었다.

"좋군요. 하지만 홍채를 어떻게 구하죠?"

헨드릭스가 죽어 나자빠진 4대 곡물 메이저 대표들을 턱으로 가리켰다.

"여기 많잖아."

말을 알아들은 준서가 땅딸보에게 손짓을 했다. 땅딸보는 허리에 차고 있던 단검을 던져 주었다. 단검을 받아 든 준서가 요시노부의 머리칼을 움켜쥐었다. 그리고 헨드릭스를 쳐다보았다.

"이놈들 눈깔만 있으면 됩니까?"

Chapter 9
홍채 인식(iris scan)

정원 55명의 대형 수송 헬기라 내부가 꽤나 넓었다. 작전에 투입되는 반군들뿐만 아니라 부상자를 호송하기 위한 장비와 의무 요원들도 탑승하고 있었다.

제냐가 커피를 가져다 주었다.

"마셔 봐요."

후룩.

따뜻한 커피 한 모금이 몸을 풀리게 했다.

아케론의 표정이 뭔가를 기다리는 듯했다. 할 말도 없었고, 하고 싶은 말도 없었다. 그래서 준서는 헬기 바닥만 멍하니 내려다보았다.

"정말 2013년에서 온 건가?"

"그렇소."

"칠년전쟁을 겪은 것도 사실이고?"

"사실이긴 한데…… 그때의 기억은 잃었소. 말했듯이."

"이 검은?"

"대성당에 있는 군사학교를 수료하고 받은 것이오."

"그건 사실인 것 같군. 나도 이 검을 본 적이 있으니까. 한데, 이 검은 후계자의 검이질 않던가?"

"그렇게 들었소."

"누구에게?"

"루치우스 님에게."

"아아, 그렇군. 루치우스 님을 뵌 지도 십 년이 다 되어가는군. 그런데 루치우스 님이 자네를 후계자로 지목한 건가?"

"맞긴 한데. 나는 그것이 뜻하는 바를 모르오."

"그렇긴 하지. 우리는 많은 후계자를 양성했으니까. 아직 성과를 거두진 못했지만. 언젠가는 반군을 이끌어 승리를 쟁취할 후계자가 나타날 것이라고 믿네."

"그때도 그렇게 말했었소."

"내가?"

"……."

기가 막혀서 말이 나오질 않았다. 멍하니 보고 있으니 아케론이 물었다.

"혹시 나를 아나?"

"나를 이렇게 만든 게 누군지 아시오?"

"누군가."

"당신이오."

"……."

"당신은 내가 만난 당신이 아니니 그냥 가만히 있을 뿐이오."

"나를 2013년에 만났나?"

"당신이 나를 찾아왔었소."

"왜지? 나는 자네를 왜 찾아갔을까. 여기서 중요한 할 일이 있었는데."

"그걸 지금 나한테 물어보는 거요?"

"나는 2013년의 내가 아니니까."

생각했다.

'2103년의 아케론은 나를 모르고, 2013년의 아케론은 나를 이곳으로 보냈다. 그는 왜 나를 찾아왔고, 그는 또 왜 나를 여기로 보냈을까.'

답이 나오질 않았다. 풀리지 않는 수수께끼였다.

이것은 칠년전쟁에서 기억을 잃어버린 것만큼이나 궁금한 부분이었다.

또 하나. 팔찌에 남겨 놓은 메시지는 누구의 소행인지…….

머릿속이 복잡해져 생각을 포기했다.

"그만합시다."

"그래. 돌아가서 생각해 보기로 하지."

여 의무 요원이 팔에 진통제를 놓았다. 혈관주사인 모양이었다. 얼굴과 목에 뜨거운 기운이 퍼지며 온몸이 나른해졌다. 등과 머리를 기대고 눈을 감았다. 사고의 현장이 잔상처럼 눈꺼풀에 붙어 있었다. 눈을 감자, 그것은 선명해졌다.

……바다에 추락한 헬기의 잔해.

그것은 지금 타고 있는 대형 수송 헬기 NEW CH—47D의 잔해였다.

준서는 눈을 번쩍 뜨며 말했다.

"당장 탈출해야 해."

어깨에 기대고 있던 제냐가 물었다.

"무슨 말이에요?"

혹시 미래를 본 건가? 그럴 수 있나?

어찌 됐건 청호대교에서 사고가 났던 날 버스 안에서 블랙 코트를 만난 듯한 기분이었다.

아케론이 심각하게 물었다.

"확실한가?"

"그렇소."

아케론이 헨드릭스를 쳐다보았다.

"미래기억능력 맞죠?"

"맞아. 틀림없어."

헨드릭스에게 확인한 아케론은 땅딸보에게 명령을 내렸다.

"연맹의 추적기가 쫓아오는 것 같다. 모두 탈출한다."

"예. 대장."

"헬기의 고도를 최대한 낮춰."

"알겠습니다."

헬기의 열린 문에 서서 발밑을 내려다보았다. 거센 눈발 사이로 보이는 짙푸른 물결. 무서운 파도 소리가 죽음에의 향수를 불러일으켰다. 한 발자국을 두고 저승의 세계였다. 세상의 끝이 어쩌면 여길지도 모른다는 생각이 들었다.

"꽉 붙잡아."

"네."

제냐가 준서의 목을 양팔로 꼭 끌어안았다. 준서는 한 팔로 그녀의 허리를 감싸주었다.

"눈을 감아."

"알았어요."

준서의 두 발이 떨어지는 순간, 제냐는 그대로 호흡을 멈췄다.

아득했다.

떨어지는 시간은 생각보다 길었고, 압력은 육체의 물질들을 다 분해시켜 버릴 것만 같았다.

풍덩.

커다란 물보라를 일으키며 두 사람은 깊은 바닷물 속으로 빨려 들어갔다. 부드러운 물이 전신을 감쌌다. 차갑지 않았다. 제냐의 손이 잡히질 않았다. 충격 탓에 놓쳐 버린 모양이었다.

정신없이 돌아보았다.

'어디 있지?'

다행이었다. 제냐는 한길 정도 떨어진 곳에 떠 있었다. 물속에서 그녀의 머리카락은 바람에 흩날리는 꽃잎처럼 하늘거렸다.

준서가 손을 뻗었지만 제냐는 잡질 않았다.

'뭐하는 거지?'

제냐가 입을 오물거렸다.

'좋아해요.'

'……?'

'당신을 좋아한다고요.'

'정신 나갔군. 지금 그런 말을 할 때야?'

준서는 재빨리 잠영을 해 제냐의 손을 낚아챘다. 그리고 위를 쳐다보았다. 물 밖에는 화염의 붉은 빛이 보였다. 준서는 그 빛을 향해 힘차게 발길을 했다.

"푸하!"

"하아!"

머리를 내밀자 신선한 공기가 폐부 깊숙이 들어왔다. 이 기분이었다. 살아 있다는 것은. 그 기분을 만끽하기도 전에 이상한 일이 발생했다.

"저기 좀 봐요."

표류하던 어선 한 척이 이쪽으로 오는 것이 아닌가. 마치 누가 보낸 것처럼. 고기를 잡아 모선(母船)으로 넘기는 독항선(獨航船) 같았다.

준서는 제냐를 허리에 낀 채 중력을 사용하여 배 위로 올라갔다.

빈 배였다.

이유는 알 필요도 알고 싶지도 않았다. 지옥에서 살아남았다는 사실만이 생각을 지배했다. 차디찬 바닷물 속에서 나오자 추위가 느껴졌다.

제냐가 이를 딱딱 마주치며 몸을 떨었다.

"추워요."

"땔감을 찾아볼게."

선실 옆에 깡통과 장작이 있었다. 어부들이 사용하던 것 같았다. 준서는 깡통 속에 장작을 집어넣고 등유를 조금 뿌렸다. 불을 붙이자 이내 장작이 타닥거리며 타올랐다.

"이리 앉아."

제냐가 머리를 어깨에 기대며 양손을 불길 쪽으로 내밀었다.

"따뜻해요. 이제 살 것 같아요."

"몸이 풀릴 거야."

"이상하네요. 어떻게 이곳에 빈 배가."

"그러게."

"그런데 당신 배 운전할 줄 알아요?"

"몰라."

"우린 어떻게 되는 거죠?"

"어디론가 흘러가겠지."

"에이, 될 대로 되라지."

어부들이 쓰던 모포를 가져와 같이 덮었다. 준서와 제냐는 반듯이 누워 밤하늘을 올려다보았다.

별빛이 예뻤다. 천공 도시에는 자취를 감추어 버린 것.

"히히. 운치 있다."

"우리 표류 중이야."

"옛날 해적들은 별을 보고 뱃길을 잡았다던데. 남십자성을 찾아봐요."

"남십자성은 북반구에서 안 보여."

"헤에. 그런가?"

제냐가 귀엽게 젖은 머리를 긁적였다.

"먹을 거라도 찾아볼까?"

제냐가 얼굴을 가슴에 묻어왔다.

"아뇨. 그냥 이대로 있어요."

서로에게 기댄 채 잠이 든 모양이었다. 이상한 느낌에 눈을 떠 선실 밖을 내다보았는데, 바다 안개가 푸르게 보이는 걸로 봐서 새벽녘 같았다. 사람들의 목소리가 들렸다.

"여기 살아 있는 것 같습니다."

"비춰 봐."

랜턴의 불빛이 너무 부셔서 눈을 뜰 수가 없었다. 불빛너머로 땅딸보가 물었다.

"어이, 거기 존인가?"

"왜 나를 존이라 부르는 거지?"

"준서는 발음이 불편하잖아."

"나는 불편하지 않으니 존이라 부르지 마."

"까칠하긴. 빨리 넘어와."

그들이 타고 있는 건 소형 전투선이었다.

*   *   *

천근보다 무거운 눈꺼풀을 들어 올렸다. 반쯤 눈이 떠졌다.

'붉은 전갈'의 은거지.

잠시 쪽잠에 빠졌던 것 같았다. 제냐는 준서의 배를 베고 있었다. 준서는 몸을 모로 세우고 제냐를 옆으로 눕혔다. 흐트러진 머리칼이 얼굴을 가렸다. 그것을 손으로 정리하자 그녀의 가냘픈 턱 선이 드러났다. 창백한 형광등 빛 아래에서 본 그녀의 얼굴은 쓸쓸했다.

생각했다.

'좋아해요.'

라는 말을 왜 그렇게 쉽게 했을까. 제냐는.

'……외로웠던 건가.'

이 열악한 환경에서 그런 감정은 사치였다.

"일어났나?"

아케론이었다. 준서는 몸을 반쯤 일으켰다.

"잠시 잠이 들었던 모양이오."

"피곤했을 걸세. 싸움을 혼자서 한 셈이니."

"아마도."

"어서 나오게. 상황실로 가야 하네."

"왜죠?"

"슈퍼컴퓨터에 들어갈 준비가 되었네."

"알았소."

준서는 제냐를 툭툭 쳤다.

"일어나."

제냐가 졸린 눈을 비비며 물었다.

"으응. 왜요?"

반군 상황실. 헨드릭스는 상황실에 있는 컴퓨터를 이용해 천공 도시 중앙 통제실에 있는 슈퍼컴퓨터 크레이—XT5에 접속하고 있었다.

"이놈은 각 CPU를 병렬로 연결한 수십억 개의 코어를 가지고 있지. 그동안은 슈퍼컴퓨터가 인간의 뇌를 능가할 수 없었어. 인간의 뇌의 저장 능력은 무려 140년분이거든. 하지만 기계는 인간을 능가하도록 계획되어 있었어. 이놈이 첫 번째로 인간의 뇌를 능가한 놈이지."

준서는 빠르게 움직이는 헨드릭스의 손놀림을 지켜봤다. 어느 지점에서 그의 손이 멈췄다. 그의 입가엔 엷은 미소가 떠올랐다.

"여기 있군. 찾았어."

화면에는 'Restricted Area'라는 경고 문구가 선명하게 떴다.

"내 그럴 줄 알았다. 그런다고 내가 안 들어갈 줄 아냐?"

헨드릭스는 순식간에 패스워드를 알아내 정보에 접근했다.

"음, 중간 벽을 관리하는 로컬 에어리어는 넘버 306이군."

작업을 하던 헨드릭스는 말을 할 때마다 잠깐씩 돌아보았다. 준서는 그런 그를 구경할 뿐이었다.

"넘버 306을 파괴하면 중간 벽은 열리는데, 과연 어떤 방법으로 파괴할까? 그것은 간단해. 자네가 늘 하던 방식대로 때려 부수면 돼. 문제는 중앙 통제실로 들어가는 거지."

"어떻게 들어가죠?"

"중앙 통제실은 생체 인식 기술로 개폐를 하네. 홍채의 패턴을 알고리즘 형태로 변환하여 이후 인식 장비에 입력을 해 두었다는 뜻이야."

"어렵군요."

"어렵긴. 간단한 기술이지."

헨드릭스는 말을 이었다.

"내가 중간 벽은 순열과 조합으로 허물 수 있다고 했지?"

"기억합니다."

"그 순열과 조합이 홍채 패턴을 읽는 데 사용되어지네. 어이, 대장. 그걸 좀 꺼내 주게."

"그러죠."

아케론이 조그만 상자를 꺼내 열었다. 거기에는 고글을 개조한 듯한 안경, 레이저 장치, 렌즈 케이스 등이 들어 있었다. 다른 것들은 별달리 보일 건 없었다. 독특하게 보이는 건 렌즈 케이스였다. 어디에 쓰는 걸까.

제냐도 그것이 궁금한지 물었다.

"이건 뭐에 쓰는 거예요?"

"기다려. 다 알게 되니깐."

잠시 후.

헨드릭스가 파안대소를 터뜨렸다.

"됐어. 으하하. 시간의 문이 열렸다. 이제 신세계가 펼쳐지는 거야."

알코올중독자라서 그렇지 천재는 분명한 모양이었다. 수많은 경우의 수를 짧은 시간에 풀어낸 걸 보면. 준서는 반사적으로 팔찌를 확인했다. 액정 화면에 글자와 수치가 깜박였다. 팔찌가 정상적으로 가동되기 시작한 것이었다.

그리고 깜박이는 문구.

[─그자를 죽여라!]

"……."

"원하는 대로 되었는데 표정이 왜 그래?"

헨드릭스가 돌아보자 준서는 액정 화면을 손으로 슬쩍 가렸다.

"아닙니다."

"그렇다면 정말로 워프 아웃이 가능해진 겁니까?"

아케론이 여전히 믿기지 않는 표정으로 물었을 때였다.

콰콰콰쾅!

귀청이 떨어져 나갈 것 같은 굉음과 함께 플랫폼이 크게 흔들렸다. 마치 지진이라도 난 것처럼 전등이 크게 흔들렸고, 천장에서는 돌조각들이 부서져 내렸다.

땅딸보가 달려 내려왔다.

"연맹의 습격입니다."

아케론이 땅딸보에게 물었다.

"위치가 발각되었나?"

"그런 것 같지는 않습니다. 그냥 주변을 맹폭하고 있습니다."

"일단 사람들을 대피소로 보내."

"예. 대장."

반군들이 우왕좌왕하고 있을 때, 준서는 다시 한 번 액정화면에 써진 문구를 확인해 보았다.

[─그자를 죽여라!]

왜지? 왜 헨드릭스를 죽이라는 거지?

그리고…….

'이 메시지를 남긴 자는 도대체 누구지?'

*　　　*　　　*

고오오.

잿빛 하늘에 은회색 강철 빛으로 빛나는 물체가 서서히 등장했다. 눈보라 때문에 처음에는 그 실체가 확연하지 않았다. 블랙스톤의 하늘을 다 뒤덮고 나서야 사람들은 그것이 연맹 함대의 배틀쉽(Battle Ship)인 걸 알아보았다.

"저기 하늘 좀 보게!"

배틀쉽은 천천히 블랙스톤 마을의 정중앙으로 이동했다. 동체 중앙의 포문(砲門)이 열리더니 거기서 녹색 빛줄기가 수직으로 떨어졌다.

처음 발견한 누군가가 외쳤다.

"도망쳐!"

번쩍!

녹색 빛줄기는 교회당을 정통으로 강타했다.

섬전(閃電—순간적으로 번쩍이는 전기의 불꽃)이 일었다. 그리고 몇 초 후, 세상 전체를 태워 버릴 듯한 눈부신 빛이 교회에서 여러 줄기로 뻗어 나왔다. 녹색 빛은 눈 쌓인 나무의 몸통을 갈기갈기 찢어 놓았다.

후우웅!

교회가 주변의 공기를 빨아들이기 시작했다. 내리던 폭설마저 방향을 잃고 힘없이 빨려 들어갔다.

후우웅!

한껏 숨을 들이켰던 교회는 굉음과 함께 시뻘건 불길을 토해 냈다. 불길은 블랙스톤 마을 전체를 태울 수 있을 정도로 강력했다.

화르륵!

문이 열리면서 사람들이 비명을 지르며 골목길로 뛰쳐나왔다. 불길은 노인이며 아이, 여자들을 가리지 않고 덮쳤다. 불길에 휩싸인 사람들은 극심한 고통에 몸부림쳤다.

"으아아!"

* * *

근처 숲.

블랙스톤 마을을 향하고 있던 재민과 신우는 갑자기 솟구치는 검붉은 화염에 반사적으로 눈밭에 엎드렸다. 마을 쪽에서 밀려온 엄청난 열기가 얼굴을 화끈거리게 만들었다.

'뭐였지?'

고개를 들자 재민이 신우의 머리를 살짝 눌렀다.

"숙여."

얼어붙은 눈 위로 뜨거운 열기가 훅하고 지나갔다. 열기가 완전히 지나간 후에야 두 사람은 얼굴을 들 수 있었다.

신우가 마을의 골목을 가리켰다.

"저기 좀 봐."

검붉은 화염이 발생하면서 도망치던 마을 사람들을 덮치는 광경이 보였다. 마을 사람들은 불길 속에서 밀랍 인형처럼 녹아 버렸다.

"너무 끔찍해."

재민이 고개를 저었다.

"젠장. 조금만 일찍 갔어도 우리가 저 꼴이 될 뻔했군."

신우가 잔뜩 찌푸린 하늘에 떠 있는 배틀쉽을 가리켰다.

"저 우주선 같은 괴물은 뭐야?"

"연맹의 함선 같아."

신우의 맑은 눈이 불타는 마을을 가만히 내려다보았다.

"저렇게 사람들을 막 죽여도 되는 거야?"

"서울에서 봤잖아."

"……"

"연맹 놈들은 그래."

그때, 거대한 기계음이 머지않은 곳에서 들렸다. 체장 높이 5미터가 넘는 전투 로봇이 쿵쿵거리며 불길 속으로 걸어 들어가는 것이 보였다. 이것이 최강의 전투 로봇 TK—100이었다. 놈은 눈에 보이는 건물들을 향해 닥치는 대로 레이저 기관총을 발사했다. 여섯 개의 배럴이 돌아가며 쏟아 대는 레이저는 가공할 만한 파괴력을 보여주었다. TK—100은 닥치는 대로 건물들을 부쉈다. 사람들에게 안식처가 되어 주던 교회당의 첨탑도 무너졌다.

우르르.

그 소리에 놀라 신우가 몸을 움찔했다.

"저기에 준서가 있으면 어떡하지?"

신우는 울음을 머금으며 고개를 돌렸다.

금세 눈꺼풀이 젖었다. 깜박거리자 희미한 별빛이 눈에 가득 찼다. 뺨은 달아오르는데 가슴만은 차갑고 시렸다.

곧 눈물이 흘러내렸다.

소리 내어 울 수도 없었다. 그저 조용히 흐느꼈다.

'흑. 대체 어디 있는 거야.'

재민은 신우의 등을 토닥여 주었다.

"그렇게 쉽게 죽을 놈 아니야. 걱정 마."

빠득.

'음?'

눈을 밟는 소리에 재민이 민감하게 반응했다. 샤벨을 빼 들어 소리 나는 쪽으로 전광석화처럼 휘둘렀다.

쉭!

상대는 선술집에 보았던 기분 나쁜 인상의 표류자였다. 2미터에 가까운 키에 비해 놈의 동작은 꽤나 민첩했다. 미끄러지듯 뒤로 물러서며 샤벨의 검날을 피한 것이다. 놈은 양팔을 내밀며 싸울 의사가 없음을 밝혔다.

"워워. 이봐, 친구. 흥분하지 말라고."

재민이 경계의 눈초리로 물었다.

"뭐냐."

"그렇게 민감하게 반응할 거 없어. 나도 저 거대한 괴물을 피해서 온 거니까."

저벅.

또 하나의 인기척이 있었다. 해골과 사람의 이빨로 만든 목걸이를 걸고 있는 놋쇠이빨 케네스. 그도 선술집에서 봤던 표류자였다. 그는 마치 오랜 친구를 대하듯 행동했다.

"다들 여기 있었나?"

재민이 물었다.

"먼저 출발했었는데 왜 여기 있지?"

놋쇠이빨 케네스가 사냥칼로 배틀쉽을 가리켰다.

"저놈이 뜨는 걸 봤거든."

키가 큰 녀석이 재민에게 말했다.

"이봐. 경계를 좀 풀라고. 아직은 우리끼리 싸울 때가 아니잖아."

놋쇠이빨 케네스도 녀석의 말에 동조했다.

"맞는 말이야. 우리끼리 힘 빼지 말자고."

재민은 그제야 샤벨을 거두었다.

"그러지."

키 큰 녀석의 이름은 창이었다. 중국 산동성 청도 출신. 활동 연도는 무려 1973년도. 시간이 정체해 버린 나이는 스무 살. 표류했던 이 공간(異空間)에서의 시간까지 따지면, 나이를 짐작하는 것은 무의미했다. 그런 탓인지 창의 눈빛은 음울하게 깊었다. 물론 겉으로는 쾌활해 보였지만.

창은 불타는 마을 블랙스톤을 내려다보며 말했다.

"TK—100까지 동원한 걸 보니 뭔가 사고를 친 게 분명하군."

재민이 물었다.

"누구 말이지?"

창이 대답했다.

"너희가 찾는 녀석. 우리가 쫓는다고 표현해도 좋고."

신우가 발끈하여 따졌다.

"다들 왜 준서를 쫓는 거죠? 준서가 무슨 잘못을 했다고."

창이 신우를 슬쩍 보더니 묘한 표정을 지었다. 뭔가를 쏘아붙이려다가 참는 표정이었다.

"잘못한 사람은 없어. 잘못된 상처만 있지."

"무슨 말이에요?"

"누구나 상처는 있다는 말이야."

"준서에게 뭘 원하는데요?"

"정확하게는 네 친구가 아니라 네 친구가 가진 힘. 그게 필요해. 그것만 내주면 아무 일도 일어나지 않아."

"그게 왜 필요한데요."

"말했잖아. 우린 상처를 지닌 놈들이라고. 상처는 치료해야 할 거 아냐. 그렇지 않나?"

놋쇠이빨 케네스가 징그럽게 씩 하고 웃었다.

"후후. 깊은 상처지."

창이 재민에게도 물었다.

"너도 우리랑 같은 처지 아닌가?"

창의 말이 틀리진 않았다. 그러나 재민은 대답하지 않았다. 신우를 신경 쓴 탓이었다.

"……."

어두운 잿빛 하늘에 보이지 않는 별을 손가락으로 덧그리며 준서를 생각했다. 먹구름 뒤로 별무리가 천체를 회전하며 지나가는데도 신우의 시간은 움직이지 않았다.

놋쇠이빨 케네스가 물었다.

"그나저나 저놈을 파괴할 방법은 없나?"

창이 대답했다.

"있겠지. 기껏해야 기계 따위."

"그럼. 잠깐 힘을 합해 볼까?"

"아직은 아니야."

"왜?"

"지금은 놈을 기다린다."

"무작정 기다려서 어쩌자고?"

"불을 피웠으니 곧 동굴을 빠져나오겠지."

진짜 동굴을 뜻하는 건 아닐 것이다. 준서가 어딘가에 숨어 있을 거라는 추측일 것이었다.

좋은 생각이라는 듯 케네스는 놋쇠이빨을 드러내며 씩 웃었다.

"호오, 그럴듯하군."

*　　　*　　　*

플랫폼 좌우에는 나지막한 반달 아치가 있었다.

한쪽 구석에는 멈춰 버린 에스컬레이터가 있었고, 그 옆에는 다른 역으로 가는 통로와 연결된 계단이 있었다. 그런 것들이 모두 크게 흔들렸다. 그리고 흔들릴 때마다 작은 돌과 먼지가 쏟아져 내렸다.

작업에 방해가 되는지 헨드릭스가 짜증을 부렸다.

"이게 뭐야. 무슨 일이냐고?"

제냐가 대답했다.

"포격이에요. 박사님."

"빨리 챙겨. 하나라도 없어지면 곤란하다고."

그녀는 홍채 복제에 필요한 도구들을 챙겼다.

"네. 박사님."

반군들은 지하 생활을 하는 사람들을 간이 대피소로 이동시켰다.

"다들 서둘러 움직이시오."

만약 플랫폼이 무너지기라도 한다면, 다른 역으로 옮겨 갈 생각이었던 것이다.

땅딸보가 돌조각이 떨어지는 천장을 보며 말했다.

"연맹 놈들이 단단히 화가 났군. 그럴 만도 하지. 대체 무엇으로 포격하는 거지?"

정찰을 나갔던 부하가 돌아와 새파랗게 질린 얼굴로 보고했다.

"조장. 배틀쉽이에요."

"뭐야?"

땅딸보의 눈이 튀어나올 것 같았다. 왜냐면 배틀쉽은 연맹 최고의 함선이며 TK—100을 싣고 다니기 때문이었다.

"TK—100을 풀었나?"

"예. 조장."

"젠장. 아예 소탕을 할 작정이군."

"빠져나갈 수 있을까요. 조장?"

"그런 건 문제도 되지 않아. 통로는 여섯 곳이나 돼. 더 큰 문제는 나가서 TK—100을 어떻게 피할 거냐는 거지."

"입구도 모두 막혔어요."

"뭐?"

마음이 급해진 땅딸보가 아케론의 생각을 물었다.

"제길. 어떻게 하죠?"

아케론은 단호히 대답했다.

"맞서 싸운다."

왜 불리한 싸움을 하려는 걸까. 준서는 이해가 되질 않았다. 아케론의 입장에서는 목표를 달성했기에 무리한 싸움을 할 필요가 없어 보였던 것이다.

"싸울 이유가 있소?"

"무슨 뜻인가."

"당신의 목표는 이룬 것 같은데."

담합을 깬 것을 의미했다. 아케론이 그 의미를 알아차리고 대답했다.

"그러니까 피하면 그뿐이다?"

"그렇소."

아케론이 대피소로 향하는 아이들을 가리켰다.

"저 아이들은?"

아이들을 보았다. 씻지를 못해서 땟국이 줄줄 흐르는 아이들은 잔뜩 겁을 먹은 눈망울을 끔벅였다.

"죽어 가도록 내버려 두란 말인가?"

아케론은 말을 끊었다가 다시 이었다.

"마을 사람들도 마찬가지야. 이 세상에 죽어도 좋을 생명은 없어. 연맹은 그 가치를 모르지. 목표를 이루었다고 해도 싸움이 끝나는 것은 아니야. 싸움은 저 아이들이 제대로 된 삶을 사는, 그런 날이 올 때 끝나는 거야."

"……"

그리 말하고 아케론은 땅딸보에게 턱짓을 했다.

"무기를 나눠 줘."

"예. 대장."

땅딸보가 무기함을 열어 번쩍거리는 유탄 발사기를 반군들에게 나눠 주었다. 무기를 받은 반군들은 분주하게 움직였다. 몇 명은 밧줄을 끄르고 궤도차에 시동을 걸었고, 또 몇 명은 목에 도화선이 달려 있는 유리병을 들었다.

'구식 무기들.'

상대가 최강의 전투 로봇 TK—100인데, 이런 구식 무기로 싸워 이길 수 있을까. 2013년의 아케론이 설명한 대로라면, 이들에게는 승산이 거의 없을 것이었다.

준서는 잠시 고민을 하다가 결론을 내렸다.

'내가 관여할 필요는 없다.'

헨드릭스에게 시선을 돌렸다.

"그 다음은 뭘 해야 합니까."

헨드릭스는 홍채 복제에 필요한 여러 가지 도구를 만지면서 대답했다.

"주워 온 놈들의 눈에서 홍채를 추출해야지. 그리고 그걸 카피해서 렌즈를 만드는 거야."

"그렇군요."

알 것 같았다. 복사한 홍채 렌즈를 끼고 중앙 통제실에 잠입하게 하려는 의도인 것이었다. 그리고 아까 말한 로컬 에어리어 넘버 306을 파괴하면, 워프 아웃이 가능해지는 것이겠지. 헨드릭스는 땅딸보가 챙겨 온 알코올 병에서 눈알 여덟 개를 꺼냈다. 핀셋을 집은 그의 손이 떨렸다. 술 탓에 생긴 수전증 때문이었다.

"이거 손이 떨려서. 누가 좀 도와줘야겠는데?"

준서는 눈알을 보고 징그러워하는 제냐를 보았다. 제냐가 손가락으로 자신을 가리켰다.

"저요?"

"기술을 써먹을 수 있는 좋은 기회잖아."

제냐가 미간을 찡그렸다.

"이건 아니잖아요."

"아니긴, 맞지."

쳇. 뭐지? 자기 멋대로. 왜 나를 막 부리는 거지? 라고 생각한 대답은 엉뚱하게 튀어 나갔다.

"알았어요."

헨드릭스가 예상치 못했던 말을 했다.

"나도 이 짓을 해 주는 대신 조건이 있어."

"뭡니까."

"내가 홍채를 카피하는 동안 자네는 이 친구들을 도와줘. 밖에서 설치는 기계 덩어리를 까부수라는 얘기야. 그럴 능력 되잖아?"

"조건은 나만 제시합니다. 선생은 내게 그런 말을 할 수 없다는 뜻이오."

"왜?"

"죽어야 할 목숨을 살려주고 있으니까요."

헨드릭스가 어이가 없다는 듯 고함을 쳤다.

"별 개뼈다귀 같은 소리를 다 들어 보네. 네놈이 뭔데 날 살리고 죽여?"

듣고 보니 그렇다. 왜 이자를 죽이라고 한 걸까.

도대체 메시지를 남긴 자는 누굴까.

생각해 보았다. 이들은 왜 승산 없는 싸움에 나서서 목숨을 거는 걸까. 버려도 좋을, 그런 하찮은 목숨은 세상에 없을 텐데…… 도대체 무엇을 위해 싸우는 걸까. 자신의 시간대도 아닌 이 동떨어진 공간에서 말이다.

그리 생각한다면, 내게도 모순은 있다. 나는 무엇 때문에 미친 듯이 싸웠을까. 칠년 전쟁에서.

기억은 없지만 추측은 가능했다.

생존, 그래. 살기 위해서 그랬겠지.

내가 그랬듯, 이들의 행동에는 충분한 이유가 있다.

'……생존.'

한참 동안 생각에 잠겼던 준서는 자리를 박차며 일어섰다.

"알겠습니다. 나갔다 올 테니 그 안에 만들어 놓으십시오."

"걱정하지 마. 이놈아."

아케론이 물었다.

"정말 같이 가겠나?"

"그렇소."

제냐도 물어보았다.

"왜 생각이 바뀌었어요?"

준서는 둘러 멘 군도의 끈을 질끈 여미며 대답했다.

"놈들이 거기에 있으니까. 이유는 그게 전부야."

Chapter 10
성자의 계시록
(apocalypse of saint)

다른 역으로 이어지는 계단 통로를 따라 밖으로 나왔다. 블랙스톤에 제일 가까운 출구였다. 마을은 아수라장이었다. 화염과 비명, 그리고 두려움이 마을 전체에 퍼져 있었다.

　연맹이 자랑하는 최강 유닛 TK―100은 보는 이로 하여금 공포를 느끼게 했다. 눈에 띄는 것은 기존의 모든 전투 로봇을 압도하고도 남는 크기였다. 5미터에 달하는 높이. 단단하게 보이는 동체.

　화력 또한 어마어마했다. 양쪽 어깨에는 반경 1킬로미터 정도는 충분히 잿더미로 만들 수 있는 레이저 기관총이 얹혀 있었고, 왼팔에는 파워 드릴이, 오른팔에는 데몰리션 집게가 장착되어 있었다. 그중 가장 강력한 화기는 동체 중앙에 수납된 역장포(力場砲)였다.

　"쿠오오!"

　와르르.

레이저 기관총에 맞아 불타는 건물을 향해 TK—100은 파워 드릴을 거침없이 휘둘렀다. 파워 드릴이 닿은 건물은 힘없이 무너져 내렸고, TK—100이 지나간 자리에는 부서진 건물 잔해와 검붉은 연기만이 남았다.

아케론은 수신호로 반군들을 산개시켰다.

"엄폐!"

반군들은 100미터쯤 떨어진 건물 벽에 숨어 반격의 기회를 엿보았다. 반군들의 움직임은 조직적이었다. 정식 군사훈련을 받은 것 같았다.

준서는 TK—100의 동작을 유심히 보며 아케론에게 물었다.

"저놈은 약점이 없소?"

그가 대답했다.

"있긴 하지. 공략이 어렵지만."

"무엇이오?"

"파워 서플라이."

그렇군. 안드로이드가 그랬듯이 전투 로봇도 마찬가지로군. 그것도 아케론이 가르쳐준 거였지.

"위치는?"

"기계 심장."

"너무 뻔한 위치군."

"대신 보호가 잘되어 있겠지. 특수 합금으로."

준서는 군도를 빼 들었다. 그리고 아케론에게 말했다.

"굳이 부하들을 희생시킬 필요 없소."

아케론의 고개가 기울어졌다.

"무슨 말인가."

"나만 나서면 된다는 뜻이오."

실력을 의심치는 않았다. 네오 도쿄에서 보여준 것으로도 충분했으니까. 그러나 상대는 연맹 최강의 유닛 TK—100이었다.

"가능하겠나?"

"대신 놈의 시선만 끌어 주시오."

"알겠네."

＊　　　＊　　　＊

반군들이 일제히 사격을 개시했다.

TK—100은 반군들의 총탄을 한 팔로 들어 막아내고는 섬뜩한 푸른색의 레이저를 발사했다. 여섯 개의 배럴이 돌아가는 레이저 기관총의 연사에 고개를 내밀기 힘들 정도였다.

레이저 기관총이 적중된 곳은 한순간 검은 폭풍이 몰아친 것 같았다. 그것은 공기 중으로 빠르게 퍼져 나갔다.

지잉. 지잉.

푸른 섬광이 일었고, 마을 사람들은 불길에 휩싸여 비명을 질러 댔다.

"아아악!"

그 모습에 분통이 터진 땅딸보가 기관총을 난사했다.

"개자식들. 사람을 파리처럼 죽이다니."

그러나 이 엄청난 학살자 앞에서는 어떠한 것도 통하질 않았다. 그것이 무엇이든 무의미한 저항일 뿐이었다.

반군들은 집안에서 도망쳐 나오는 사람들을 향해 소리쳤다.

"빨리 달려요."

TK—100이 고개를 돌렸다. 놈은 도망치는 마을 사람들에게 데몰리션 집게를 휘둘러 쳐냈다. 데몰리션 집게에 맞은 마을 사람들은 붉은 피를 흩뿌리며 몸이 잘려 나갔다. 그리고 파워 드릴에 맞은 마을 사람들은 형체도 없이 곤죽이 되고 말았다.

"지금 가겠소."

"엄호사격을 하겠네."

준서는 시간을 컨트롤하며 내달렸다. 시간 제어 장치를 장착한 탓인지 TK—100에게는 시간 컨트롤 기법이 먹혀들질 않았다. 순전히 감각에 의존해서 싸워야 했다.

"……!"

20미터쯤 근접했을 때였다. 서늘한 기운이 느껴져 준서는 달리면서 본능적으로 몸을 틀었다. 거의 동시에 레이저 기관총에서 푸른색 광선이 발사되었다.

아케론이 소리쳤다.

"조심하게!"

푸른색 광선은 아슬아슬하게 비껴가 반대편 벽에 부딪혔다.

쾅!

굉음과 함께 벽돌담이 터져 사방으로 돌조각이 튀었다. 자욱한 연기가 가라앉은 벽돌담에는 커다란 구멍이 뚫려 있었다.

타핫!

준서는 공중으로 솟구쳐 머리 위로 쳐들었던 군도를 아래로 내리쳤다. 어깨 부근이 베어졌다. 금속이 잘려 나간 단면에서 스파크가 일어나더니 붉은 유액이 흘러 동체를 적셨다.

"쿠오오!"

휘익!

TK—100의 데몰리션 집게가 준서의 허리를 강타했다. 기파를 사용하여 방어했지만 데몰리션 집게의 파워는 엄청났다.

"욱!"

준서는 건물 벽에 부딪혔다가 땅바닥에 널브러지고 말았다. 강렬한 통증이 밀려왔다. 뼈가 부러지진 않은 것 같았다. 지금까지 싸워 온 놈하고는 차원이 달랐다. 준서는 옷에 묻은 먼지를 털고 일어섰다.

"빌어먹을."

흔들리지 않는 무게 중심. 어떻게 하면 놈의 중심을 흩트려 놓을 수 있을까. 중심을 흩트려 놓는 것이 싸움의 관건이라 생각했다.

'중력을 사용해 보자.'

준서는 군도를 움켜쥐고 기파를 증폭시켰다. 그리고 그것을 중력파로 변환했다.

쿵. 쿵.

TK—100이 방향을 틀어 준서에게 달려왔다. 놈은 거대한 동체에 비해 균형 감각이 상당히 뛰어났다. TK—100의 어깨에서 철컥하는 소리가 났다. 이어 레이저 기관총의 배럴이 돌아갔다.

지잉. 지잉.

푸른색 광선은 태워 버리려는 듯 정신없이 날아들었다. 준서는 푸른색 광선을 피하며 군도를 휘둘러 중력파를 날렸다.

TK—100의 왼쪽에서 중력파가 형성되었다.

놈의 동체가 기우뚱하고 기울더니 쿵하고 한쪽 무릎을 꿇었다. 어지간한 로봇이었다면 나뒹굴었어야 정상이었다. 그러나 놈의 저항력은 역시 대단했다. 한쪽 무릎을 꿇는 정도로 중력파를 견뎌 낸 것이었다.

'그 정도면 충분하다.'

준서는 땅바닥을 박차며 몸을 솟구쳤다. 푸른색 광선이 쫓아왔지만 허공에서 한 바퀴 회전하여 그것을 흘려보냈다.

"음?"

그때 준서의 시야에 붉은 빛으로 깜박이는 것이 잡혔다. 그것은 준서의 움직임에 따라 같이 움직였다. 시각 센서이지 싶었다.

준서는 허공에서 한 번 더 도약하여 놈의 시각 센서를 베어 버렸다.

번쩍!

"쿠오오."

화가 난 듯 놈이 몸부림을 쳤다. 가슴 동체 중앙에서 포문이 열리더니 수납된 포신이 튀어나오려고 했다.

'역장포?'

그랬다. 역장포를 사용하려는 것이 분명했다. 준서는 군도를 거꾸로 들어 포문에 꽂아 버렸다. 동체 내부의 인터페이스까지 뚫고 들어간 게 느껴졌다. 타격을 받았는지 포신이 작동하질 않았다.

준서는 비릿하게 웃었다.

"역장포는 이제 쓰지 못할 거다."

싸움을 지켜보던 땅딸보는 넋이 나간 표정을 지었다.

"대장. 저 친구. 인간 맞아요?"

아케론 역시 묵묵히 지켜볼 뿐이었다.

"……."

"처음 봐요. TK—100에 맞서 싸우는 인간을. 우리 도움은 필요도 없을 것 같은데요. 그렇죠?"

"나도 놀라는 중이다."

"그 말이 사실일지도 모르겠어요. 칠년전쟁에서 혼자 살아남았다는 말."

"다시 한번 확인해 보도록 하자."

＊　　　＊　　　＊

숨 가쁜 싸움이 치열하게 전개되었다.

생사를 가르는 공방(攻防)이 번갈아 이루어지다가 기회를 잡은 쪽은 준서였다. TK—100의 공격을 무위로 흘려보낸 준서는 놈의 동체 위에 올라탔다.

끼기기긱!

그리고 가슴 부위를 덮고 있는 외부 장갑을 억지로 벌렸다. 거친 쇳소리를 내며 외부 장갑은 열리기를 거부했다. 공력을 더하자 외부 장갑의 틈이 벌어졌다. 그 틈으로 매끄러운 금속 플레임과 케이블이 보였다. 안쪽에 기계 심장이 뛰고, 그 앞쪽에 파워 서플라이가 있을 것이었다.

"쿠오오."

TK—100는 준서를 떨어뜨리려고 발버둥을 쳤지만, 중력을 역이용하여 발을 붙이고 있었기에 준서는 꼼짝하지 않았다.

우지직!

준서는 케이블을 한 손으로 뜯어냈다. 작지만 붉게 빛나는 전원 공급 장치가 보였다.

우웅.

순환 시스템이 재가동되는 소리가 들렸다. 부서진 부분이 있으면, 자동적으로 수리되는 기능이 있는 모양이었다.

"너무 늦은 거 같은데?"

콱!

"뒈져!"

준서는 전원 공급 장치에 군도를 쑤셔 박았다. 그러자 푸른 스파크와 전류가 사방으로 튀었다. 동시에 펑! 하는 소리를 내며 기계 심장이 폭발했다.

"옷!"

폭발에 의한 후폭풍은 상당했다. 예상치 못했던 준서는 급히 군도를 뽑아 그것을 막았다. 그러나 보호막이 완전히 형성되기 전이었기에 준서는 세차게 날아가고 말았다.

펑! 펑! 펑!

폭발은 TK—100 동체 여러 곳에서 연쇄적으로 일어났다. 종잇장처럼 날아간 준서는 반대편 건물 벽에 부딪치고는 거리로 곤두박질쳤다.

퍽!

땅딸보가 외쳤다.

"저 친구, 당했어요! 가서 도와줘야 합니다!"

아케론이 그를 제지했다.

"잠깐. 기다려."

아케론이 그리 한 것은 TK—100의 움직임이 이상했기 때문이었다. TK—100의 동작은 현저하게 느려져 있었고, 방향감각도 상실한 것 같았다.

'파워 서플라이를 부순 건가?'

쿵.

놀라운 일이었다. 결코 쓰러질 것 같지 않았던, 한 번도 쓰러진 적이 없었던 TK—100이 고목나무처럼 무너졌기 때문이었다. 놈이 쓰러진 곳에서는 검은 먼지가 솟구쳐 허공을 뒤덮었다.

"……!"

놀란 것은 아케론과 땅딸보뿐만이 아니었다. 숨어 있던 반군들이 놀라 거리로 뛰쳐나갔다. 그리고 그들 뒤로 목숨을 건진 마을 사람들이 하나둘씩 걸어 나왔다. 그들은 검은 먼지가 가라앉기를 조용히 기다렸다.

* * *

놋쇠이빨 케네스가 바위 옆에 불을 피웠다.

그리고 배낭을 뒤적여 깡통과 육포, 마른 콩을 꺼냈다. 깡통에 눈을 가득 채운 후, 불 위에 올려놓았다. 금방 녹아 버린 눈이 끓기 시작하자, 육포와 마른 콩을 깡통에 넣었다. 육포와 마른 콩이 형체도 없이 흐물거렸다. 덕분에 깡통 안의 것은 걸쭉해졌다. 놋쇠이빨 케네스는 암염 몇 개를 집어넣어 간을 맞췄다. 그 맛을 보고, 그는 흡족한 표정으로 말했다.

"흐음, 죽이는군."

놋쇠이빨 케네스는 배낭에서 바싹 마른 빵을 꺼내 창과 재민에게 찢어 주었다.

"적셔 먹으면 작살이야. 내 특별식이지."

창이 먼저 찍어 먹었다.

"생각보다 좋은데? 뭐로 만든 육포야?"

놋쇠이빨 케네스는 아무렇지도 않게 대답했다.

"쥐새끼일걸?"

창은 금세 똥을 씹은 표정이 되었다.

"이런 젠장."

놋쇠이빨 케네스는 어이가 없다는 투로 말했다.

"이 상황에서 뭘 생각해?"

그의 말에는 여러 가지 의미가 담겨 있었다.

"쩝. 하긴."

놋쇠이빨 케네스가 재민에게 물었다.

"너도 안 먹냐?"

재민도 빵을 스프에 찍으며 대답했다.

"아니. 먹어야지. 무엇이든."

"그래야지. 핫핫."

재민이 슬쩍 신우에게 건넸다. 신우는 힘없이 고개를 가로저었다.

"싫어."

"마을로 가면 먹을 걸 구해 줄게."

"괜찮아. 나는."

신우는 모닥불 가에서 일어나 언덕으로 올라갔다. 블랙스톤 마을이 보이는 곳이었다. 그때, 신우가 본 것은 거대한 TK—100의 동체가 쓰러지는 광경이었다.

"……?"

＊　　　＊　　　＊

"쿨럭!"

잠시 정신을 잃었던 준서는 자신을 덮친 돌무더기를 발로 밀어냈다. 보호막 때문에 크게 다친 곳은 없었다. 몸이 조금 욱신거릴 뿐이었다. 시큼한 피 냄새에 침을 뱉어 보았다. 흙바닥이 붉었다. 입술 안 창이 터진 것이었다.

"젠장."

준서는 욱신거리는 몸을 일으켜 손으로 먼지를 저었다.

발아래 데몰리션 집게가 보였다. 반사적으로 공격 자세를 취했다가 그만두었다. 동작을 멈춘 걸 알았기 때문이었다. 먼지가 점점 가라앉으며 TK—100의 거대한 동체가 모습을 드러냈다.

TK—100은 고철 덩어리처럼 움직이지 않았다.

"겨우 이 정도였어?"

입술에 묻은 피를 닦으며 준서는 군도를 집어넣었다.

"실망스럽군."

먼지가 완전히 가라앉아 시야가 탁 트였다.

"……?"

준서는 고개를 갸우뚱거렸다. 많은 사람들이 모여 있었기 때문이었다. 반군들은 그렇다고 치고, 마을 사람들은 의외였다. 왜들 모여 있지?

촌장이 느린 걸음으로 다가왔다.

"몰랐습니다."

"뭘요?"

"성자(聖子)이신 줄은……. 소생이 미천하여 정말 몰라 뵈었습니다."

성자라니……. 준서는 머리를 가로저었다.

"뭔가 착각을 하신 것 같군요."

촌장이 돌연 두꺼운 책 한 권을 꺼냈다. 표제에는 '성자의 계시록(apocalypse of saint)'이라고 쓰인 글자가 선명했다. 촌장은 책을 펼쳐 그중 한 구절을 읽었다.

"하늘에 전쟁이 있었으니, 그것이 장장 칠 년이었다. 그 불의 연못에서 홀로 살아 돌아온 남자는 피 뿌린 옷과 검을 들었으니, 그가 용처럼 맹렬히 싸워 기계들이 세운 만국(萬國)을 치고 우리를 구원해 주리라."

준서는 머리가 띵하여 관자놀이를 만졌다.

'제길. 대체 뭔 소리야. 왜 이렇게 엮이는 거지?'

멀리 마을 사람들 사이로 제냐가 보였다. 제냐는 철딱서니 없게 방긋 웃으며 손을 흔들었다. 준서는 그런 그녀를 날카롭게 째려보았다.

'왜 나와 있지?'

'걱정 되어서요.'

'당신이 나불거린 건가?'

제냐가 겸연쩍은 미소를 지었다.

'헤에…….'

*　　　*　　　*

마을 사람들은 넋이 나간 얼굴로 서 있었다.

학살자 TK—100을 보낸 연맹은 그들에게서 사랑하는 가족만 빼앗아 간 게 아니라, 그들의 영혼마저 빼앗아 가 버린 느낌이었다.

모든 것을 빼앗겨 영혼을 잃어버린 눈동자들이 자신을 향하고 있었다. 무언가를 갈망하고 있었고, 준서는 그것을 읽어 낼 수 있었다.

'이 사람들, 내게 원하고 있다. 그게 뭐지?'

촌장이 간절한 눈빛으로 말했다.

"오래도록 기다렸습니다."

그의 목소리는 떨리기까지 했다.

"그리고 믿었습니다. 우리를 구해 줄 구원자가 나타날 것이라고요."

"……."

구원자? 그럴 리가 없다. 내가 누구를 구원한다는 게 말이 되는가. 저들의 말대로 성자(聖子)가 출현한다는 게 사실일지라도, 나는 아닐 것이다. 적어도.

아마도 너무도 믿고 기다린 탓에 마을 사람들이 착각을 하는 것이라고, 준서는 생각했다. 해서 그들의 기대를 알면서도 입을 열었다.

"실망을 시켜 미안하지만, 나는 촌장님이 기다린 사람이 아닙니다."

촌장은 두꺼운 책을 내밀며 호소했다.

"여기 좀 보십시오. 계시록에 기록되어 있습니다. 이걸 어찌 부정할 수 있겠습니까."

이 땅에 쓰인 기록이 자신을 중심으로 되어 있다는 게 말이 되는가. 불가능한 시간의 차이. 생물학적 나이로는 도저히 설명되지 않는다.

"제가 아닙니다."

"예언서는 거짓말을 하지 않습니다."

"촌장님."

그때였다. 다섯 살 아이를 업은 아낙이 주춤주춤 앞으로 걸어 나왔다. 아낙은 감자와 콩이 든 소쿠리를 준서에게 내밀었다. 마을 사람들에게 감자와 콩은 자신의 생명보다 더 소중한 음식이었다.

"가진 거라고는 이것밖에 없어서……."

제냐가 준서를 바라보고는 눈빛으로 물었다.

'받아도 돼요?'

준서는 고개를 살짝 끄덕였다.

'응.'

제냐는 엉겁결에 그것을 받아 들었다. 아낙은 몇 번이고 허리를 숙여 감사를 표했다.

"고맙습니다. 고맙습니다."

제냐는 어쩔 줄 몰라 당황해했다.

"아, 아니에요."

촌장의 의지는 단호했다.

"싸울 것이외다. 우리를 이끌어 주신다면."

준서가 마을 사람들에게 시선을 던졌다. 싸운다고……? 이 사람들이?

"노인과 여자, 아이들이 있길 않습니까."

"당연히 남자들만 나설 것입니다. 또 다른 마을에서도 뜻을 같이 할 것이외다."

아케론이 끼어들어 물었다.

"촌장, 다른 저항군이 있다는 말씀이오?"

"그러하외다, 대장. 다들 싸울 날만 기다리고 있소이다."

"병력이 얼마나 됩니까?"

"수백은 될 것이외다."

아케론의 표정은 자못 심각해졌다.

"전혀 생각지 못했습니다."

"얼마나 도움이 될지는 모르나……."

"그 정도면 전쟁도 가능합니다."

전쟁(戰爭).

준서의 얼굴에 그림자가 드리워졌다. 하나의 단어에 불과하지만, 그 무게는 너무나도 컸기 때문이었다.

이들은 모른다. 전쟁이 얼마나 무서운 것인지.

같이 밥을 먹고, 같이 잠을 자고, 같이 길을 걸었던 동료가 바로 옆에서 죽어 가는 것.

그리고 또, 같이 밥을 먹고, 같이 잠을 자고, 같이 길을 걸었던 사람이 적으로 돌변하고, 그를 베어야 하는 것.

전쟁이 무서운 건 이런 것이다.

장장 칠 년이었다. 전쟁터를 떠돈 것이. 부분적인 기억이나마 생각만 해도 신물이 나고 몸서리가 쳐졌다.

'이런 전쟁을 또 하자는 거요?'

준서가 씁쓸한 생각에 잠긴 동안 아케론이 촌장에게 말했다.

"오늘의 결과는 연맹 지도부에 보고되었을 겁니다. 그 말은 추가공격이 있을 거란 뜻입니다. 그러니 일단 사람들을 역으로 대피시키십시오."

"알겠소이다. 대장."

두 사람의 말이 떨어지기 무섭게 드론 한 대가 잿빛 하늘에 모습을 나타냈다.

땅딸보가 부하들을 다그쳤다.

"당장 철수한다. 다들 서둘러!"

촌장이 간청을 했다.

"잠시만 시간을 주시오."

"무슨 시간을."

"이곳을 수습할 시간이 필요합니다. 가족을 잃어버렸기에."

"1시간 내로 끝내시오."

*　　*　　*

신우는 모닥불을 떠나 언덕으로 올라갔다. 눈발이 섞인 바람은 가냘픈 소녀의 마음을 할퀴었다.

'준서야. 나, 추워.'

쌓인 눈 때문에 빨리 걸을 수는 없었지만 신우는 한 발 한 발 앞으로 나아갔다. 가만히 있는 것보다 준서가 있다는, 물론 추측이었지만, 그 마을을 보는 게 마음이 편할 것 같아서였다. 언덕 끝에 도달했을 때, 신우는 놀라운 광경을 보게 되었다.

이교도의 촛불처럼 타오르는 마을. 그리고 그 가운데에 널브러져 있는 최강 유닛 TK—100.

"어?"

창이 말하길, 마을 사람들이 TK—100에 의해 학살당할 것이라고 했었다. 학살자 TK—100이 철수할 때까지 기다리는 것인데, 오히려 TK—100이 쓰러져 있는 모습을 본 신우는 자신도 모르게 외쳤다.

"재민아. 저 로봇이 쓰러졌어."

모닥불가의 세 사람이 동시에 신우를 쳐다보았다. 놋쇠이빨 케네스가 남은 식빵으로 깡통을 닦으며 고개를 흔들었다.

"이봐, 꼬맹이. 잘못 봤겠지. 그럴 리가 없잖아."

"정말이에요."

창이 우물거리다 기다란 몸을 일으켰다.

"확인하면 되지."

창이 일어나 흐느적거리며 언덕 쪽으로 오자, 재민과 놋쇠이빨 케네스도 따라 움직였다.

"......!"

신우의 말은 사실이었다.

남쪽으로 뻗어 가는 거센 눈발 탓에 시야가 흐릿했지만, TK—100의 동체가 워낙 컸기에 분명히 확인할 수 있었다. TK—100은 불타는 마을 거리에 널브러져 움직이질 않았다.

창과 케네스가 생각을 주고받았다.

"이럴 수가 있나?"

"저놈을 쓰러뜨리는 건 불가능해."

"눈으로 보고 있잖아."

"누가 그랬지?"

"패잔병들이 있었나?"

"패잔병 따위가 어떻게."

재민은 뒷골이 서늘해지는 기분이었다.

'혹시, 준서…… 너냐?'

놋쇠이빨 케네스가 자신의 민머리를 주먹으로 쥐어박았다.

"제길. 처먹느라 중요한 장면을 놓쳤군. 한눈을 팔지 말았어야 했는데."

창이 서둘렀다.

"빨리 내려가서 확인하자고. TK—100이 부서졌으니 연맹 놈들이

다시 배틀쉽을 보낼 거야."

그때였다.

쉬이익.

뒤쪽에서 뭔가가 빠르게 움직이는 게 느껴졌다.

"웬 놈이냐!"

놋쇠이빨 케네스는 반사적으로 사냥칼을 꺼내 그 물체를 향해 휘둘렀다.

패액!

사냥칼은 상당히 예리한 호를 그렸지만, 그 물체는 허공에서 방향을 틀며 가볍게 사냥칼을 피했다. 그리고 순식간에 편백나무 숲으로 모습을 감췄다. 도검을 쓰는 자는 안다. 상대의 움직임만으로도 강한지 약한지 알 수 있다. 방금 전의 느낌은 꽤나 강했다. 여태껏 유유자적하던 창도 양손에 쌍겸(雙鎌—무기로 사용하는 두 개의 낫을 칭하는 말)을 움켜쥐며 바싹 경계했다. 재민도 마찬가지였다. 어느 틈엔가 샤벨을 빼 들어 물체가 사라진 방향으로 겨누었다.

놋쇠이빨 케네스가 머리를 한쪽으로 기울였다.

"어떤 놈이지?"

숲과 눈밭 사이에 팽팽한 긴장이 감돌았다.

어둠 속에서 목소리가 들렸다.

"표류자들이로군."

창이 미간을 좁혔다.

"네놈도?"

"귀찮은데 비켜주면 안 될까?"

성자의 계시록(apocalypse of saint) 261

"모습을 보이지 않는 건 예의가 아니지."

"그래?"

스슥.

편백나무 숲 속에서 허리에 장검을 찬 사내가 모습을 드러냈다.

이름은 도쿠가와 유이치(德川雄一). 짙은 눈썹과 각진 턱이 강인한 인상을 주는 사내였다. 나이는 삼십 대 초반. 전통 바지인 하카마를 입은 걸로 미루어 볼 때, 사내는 무사가 분명했다.

"나는 도쿠가와 가문의 무사 유이치다."

사내의 음성에는 묵직한 공명이 있었다.

"왜 내 앞을 막아서는가."

놋쇠이빨 케네스가 변명을 했다.

"갑자기 살기를 느껴 어쩔 수 없었다고."

"어설픈 변명!"

스릉.

유이치가 허리에 찬 장검을 빼 들며 좌우로 살기를 흩뿌렸다. 그 모습을 본 놋쇠이빨 케네스가 눈을 내리깔며 창에게 말했다.

"이 녀석, 진심인데?"

*　　　*　　　*

블랙스톤 마을이 불에 타는 모습은 사람들의 마음을 자극했다. 아니, 자극한 모양이었다. 불길이 잦아들자 사람들은 거리를 헤매기 시작했다.

그들이 찾아 나선 곳에는 주검이 자리했다.

……인간의 육체들.

시신들은 온갖 자세로 널브러져 있었다. 불에 타 말라 쭈그러든, 그 상태 그대로. 아직 숨이 붙어 있는 자들도 있었다. 그러나 그들에게 베풀어질 자비는 없었다. 의사도 약품도 없는 혹독한 땅에서는.

마을 사람들은 먼저 죽어간 영혼들을 위해 기도를 했다. 어떤 신에게 기도를 올리는지는 몰랐지만, 그들은 기도를 마치고 성호(聖號)를 그었다.

의식이 끝나갈 때쯤.

누군가 구슬프게 노래를 부르기 시작했다. 그것을 또 누군가가 따라 불렀고, 노랫소리는 점점 사람들 사이로 번져갔다.

　　—하늘에 닿고 싶은 인간은 유리와 돌 위에
　　그들의 역사를 쓰네.
　　돌 위엔 돌들이 쌓이고 하루 또 백 년이 흐르고
　　피로 세운 탑들은 더 높아져만 가는데.

노랫소리가 커지자 준서는 고개를 들어 돌아보았다. 마을 사람들은 노래를 부르며 하나둘씩 광장 쪽으로 걸어 나왔다.

　　—신들도 노래했지. 수많은 약속의 노래를.
　　인류에게 더 나은 미래를 약속하는 노래를.
　　용사들의 시대가 찾아왔네.

이제 세상은 새로운 천 년을 맞지.
하늘의 시대가 무너지네.
성문 앞을 메운 이교도들의 무리.
그들을 성안에 들게 하라.
이 세상의 끝은 예정되어 있지. 그것은 바로 오늘이라고.

　마을 사람들은 광장 한가운데 모여 노래를 불렀다. 꽤 많았다. 이렇게 많았나? 하는 의구심이 들 정도였다. 아마 평소에는 밖으로 나오질 않기 때문일 것이었다. 무너진 교회당의 첨탑 옆에 아무렇게나 팽개쳐진 커다란 종(鐘)이 보였다. 마치 그것은 마지막 희망이 땅바닥에 처박힌 듯했다. 그 광경을 보고 있자니 뭔가 오싹하고 소름이 돋는 기분이 들었다. 제냐도 그런 느낌을 받은 모양이었다. 그녀가 팔뚝을 두어 번 쓸어내리며 물었다.

　"뭐죠. 이 노래는?"

　"내가 알겠어."

　말끝에는 '당신도 모르는데?' 라는 말이 생략된 것 같았다. 주눅이 든 탓에 제냐의 말꼬리가 흐려졌다.

　"나도 처음 들어보는 건데……."

　마음이 쓰였다.

　"짜증 낸 거 아니야."

　제냐는 금세 기분이 풀어졌다.

　"헤에……. 다행이에요. 어쨌든 저 노래는, 오글거리면서도 왠지 섬뜩한 기분이 들어요."

촌장이 말했다.

"저 노래는 오래도록 구전되어 온 것입니다. 할아버지가 손녀에게, 엄마가 아들에게, 담요 속에서, 때로는 지하 땅굴에서, 아무도 모르는 곳에서 가르쳤지요. 우리들은 저 노래를 부르며 혹독한 시대를 참고 버티고 있는 것입니다."

"하늘의 시대라는 건, 천공 도시를 말하는 겁니까?"

"그렇습니다."

"언젠가는 인간의 탐욕으로 만들어진 저 괴물 같은 도시가 무너질 것이라 믿고 있었습죠."

"이교도는 무슨 뜻입니까."

"우리 같은 땅에 사는 인간들이지요. 저들에게 우리는 추악한 이교도일 뿐입니다."

문득, 오리엔탈 익스프레스에서 보았던 소녀 모네가 생각났다. 그 아이의 엄마, 그리고 열차 안에 있던 사람들. 그들은 불안한 눈빛으로 쳐다보았었다. 그들에게 아케론 일행은 범죄자요, 폭도요, 심지어 괴물이었으니까.

아케론의 말만으로도 증명되었었다.

―모네야. 땅에 사는 사람들 괴물 아니지?

―네, 아저씨.

연맹에 의해 완벽하게 세뇌된 사람들.

열차에서 아케론이 연맹의 실체에 대해 열변을 토했을 때,

─언제까지 우리의 아이들에게 가공식품과 캡슐을 먹여야 합니까. 곡물 메이저가 식량을 20%만 증산해 줘도 여러분은 아이들에게 신선한 야채와 고기를 먹을 수 있습니다. 남는 물량을 오염된 바다에 처넣지만 않아도 좀 더 싸게 구입할 수 있습니다. 이 모든 것이 가격 때문입니다. 돈 때문입니다. 그리고 그걸로 여러분을 지배하고 있기 때문입니다. 이것이 연맹과 곡물 메이저들의 실체이며, 이것이 우리들이 총을 들고 싸우는 이유입니다.

그때, 그들은 얼마나 놀라워했던가.
그들은 불행히도 보안과에 끌려가 기억이 리셋되었겠지만.
보통의 천공 도시의 시민들이 가지고 있는 사고라면, 땅에 사는 사람들은 충분히 이교도가 되고도 남음이 있었다.
악취 나는 천변(川邊)을 걸을 때였던가. 퀭한 눈으로 자신을 보던 병든 아이들을 떠올렸다.
누가 그 아이들을 구원한단 말인가.
준서는 고개를 들어 하늘을 올려다보았다. 깊은 한숨이 절로 나왔다.
"후우……."
잿빛 가득한 하늘은 이 암울한 시대를 대변하는 듯했다.
"그런 날이 온다는 보장은 없습니다."
"우리 아이들의 시대라도 온다면. 한 톨이라도 희망이 있다면."
촌장은 허허 웃더니 말했다.

"그걸로 충분하지 않겠습니까. 우리가 싸우는 이유 말입니다."

준서는 가만히 고개를 끄덕였다.

'그렇군. 당신들이 싸우는 이유. 그게 있었어.'

문득, 준서는 성자의 계시록이란 책의 뒷부분을 펼쳐 보았다.

'그래서 결론이 뭐지?'

읽어 내려가던 준서의 시선이 한 구절에서 멈췄다.

　─하늘에 전쟁이 있었으니, 사람들이 나가 싸웠으나 머리가 일곱 개 달린 붉은 용을 이기지 못하여 저희가 머물 곳을 얻지 못하였다. 그러나 때에 이르러, 용맹한 자가 나타나니. 그는 붉은 용을 물리치고, 머리 일곱 개를 잘라 무저갱에 처넣어 궁핍한 사람들을 구하게 될 것이니라. 용맹한 자는 먼 과거에서 온 자이며, 신실한 제자 루치우스의 가르침을 받았으며, 스스로 제 자신의 유골에 손을 얹어 성자(聖子)의 언약을 함에. 절대 전능의 힘을 얻게 된 자이다. 그 언약이라는 것은 완전한 육체의 부활을 뜻하는 것으로, 천 년이 지나고 또 천 년이 지나도 그를 대적할 자는 나타나지 않게 될 것이니, 훗날, 사람들은 그를 '세인트 존'이라 부르며 영원히 추앙할 것이다.

"……!"

Chapter 11
시간의 표류자들

유이치는 비정비팔(非丁非八), 즉 양발의 벌어진 모양이 정(丁)자도 아닌, 팔(八)자도 아닌, 어정쩡한 자세로 장검을 빼 들었다. 그러나 다들 알고 있었다. 어정쩡한 자세가 고수의 반열에 오른 자만이 취하는 보법이라는 것을.

　창이 약간 장난기 섞인 소리로 불평을 했다.

　"이것 봐. 그 자세는 너무 심각하잖아."

　반면 유이치는 웃음기 뺀 목소리로 대답했다.

　"방해하지 말았어야 했다."

　"너도 표류자인 건 확실하군."

　"말은 필요 없다. 무사는 오직 검으로만 승부를 겨룬다."

　"이런, 꽉 막힌 친구를 봤나."

　창은 졌다는 듯 손사래를 쳤다.

"알았어. 알았다고. 그런데, 똥인지 된장인지는 알고 칼질을 해야 할 거 아냐."

그런데 그것이 유이치를 더욱 화나게 만들었다.

"지금 나 유이치를 똥이라고 했나!"

"아니, 그런 뜻이 아니라."

쉭!

유이치는 무릎까지 빠지는 눈밭을 팍팍 걷어차며 달려왔다. 그리고 그대로 창을 향해 뛰어올라 장검을 휘둘렀다. 달려오는 동작과 휘두르는 장검에 힘이 넘쳐 눈발이 회오리처럼 일었다.

창은 쌍겸을 교차하여 열십자로 만들었다.

장검이 열십자로 만든 쌍겸에 붙들렸다. 유이치는 그대로 밀어붙였다.

카카카카—

달려오는 탄력 때문인지 유이치의 공력이 더 컸고, 그 탓에 창은 뒤로 주르륵 미끄러졌다.

"그런 뜻이 아니라고!"

"닥쳐라."

"계속 이러면 나도 가만있지 않을 거야."

창은 힘을 빼고, 재빨리 옆으로 비켜서며 근력이 받쳐줄 수 있는 만큼 맹렬하게 쌍겸을 휘둘렀다.

챙! 챙! 챙!

칼과 쌍겸이 시끄럽게 맞부딪치며 불꽃이 일었다. 두 사람은 눈밭을 구르고 차오르며 사투를 벌였다. 마치 둘 중에 하나가 쓰러지지 않으면 끝나지 않을 싸움 같았다.

놋쇠이빨 케네스는 재미난 싸움 구경을 하듯 히죽거렸다.

"큭큭. 재밌는데?"

재민이 말했다.

"이럴 때가 아닌 것 같은데."

"왜?"

"TK—100을 파괴한 놈이 누군지. 그것 먼저 확인해야 하는 거 아냐?"

놋쇠이빨 케네스가 맞는다는 듯 자신의 민머리를 툭 쳤다.

"아참. 그렇지."

두 사람을 말리려 할 때였다.

콰콰콰콰콰콰!

편백나무가 빽빽이 들어찬 숲 속에서 기이한 굉음이 들렸다. 굉음이 들린 곳에서는 나무가 부러지고 눈발이 솟구쳤다. 그 모습은 마치 숲을 반으로 가르는 것 같았다.

"……?"

콰콰콰콰콰!

우지직. 거대한 나무를 부러뜨리며 허공을 날아오는 것은 칼날이 달린 수레바퀴였다. 이것은 법륜(法輪)이라는 무기로 주로 밀교의 고승들이 사용하는 것이었다.

"뭐야!"

법륜이 발산하는 가공할 만한 기세에 창과 유이치는 싸움을 멈추고 몸을 날려 피해야 했다.

위이잉.

두 사람 사이를 갈랐던 법륜은 큰 궤적을 그리며 숲 쪽으로 방향을 꺾었다. 표류자들의 시선이 자연스럽게 법륜을 좇았다. 그때, 양쪽으로 쓰러진 편백나무 숲 속에서 붉은 가사를 입은 승려가 걸어 나왔다.

"껄껄. 안녕들 하신가."

승려는 오른손을 쭉 뻗었고, 법륜은 마치 장난감처럼 그의 손에 쥐어졌다.

"난 티베트에서 온 땡추일세. 껄껄."

짙은 송충이 눈썹의 승려는 라마교의 계파인 일월신교의 고승 탕릉파였다. 네 사람은 서로 얼마간의 거리를 두고 서 있었다.

창이 까칠하게 물었다.

"그래서?"

"후계자가 어디 있는지 물어도 될까 싶구먼."

"흥! 어디서 정보를 공짜로 얻으려고 잔머리를."

"참고로 말하자면, 나는 사람을 고문하는 101가지 기술을 알고 있다네. 스스로 말을 할 텐가. 아니면, 내 고문 기술을 맛볼 텐가. 껄껄."

"지랄!"

창이 쌍겸으로 막 공격하려던 찰나였다. 놋쇠이빨 케네스가 말했다.

"결국 다 죽고 한 명만 살아남게 될 텐데. 굳이 그날을 앞당길 필요 있겠어?"

"……?"

"자, 열심히 힘 빼라고. 나는 군도를 찾으러 가보겠네. 하하하."

놋쇠이빨 케네스가 먼저 몸을 날렸다. 이어 유이치, 탕룽파가 그를 쫓아 차례로 언덕 아래로 사라졌다. 그 모습을 보던 신우가 걱정스러운 눈빛으로 말했다.

"저 사람들이 다 준서를 찾는 거야?"

재민이 대답했다.

"응."

"더 있어? 이 사람들 말고."

"그럴 거 같아."

"나 때문에 우리만 늦을 거 같아."

재민이 손을 내밀었다.

"업혀."

신우는 고개를 저었다.

"아니."

"그럼 안아서 갈까?"

재민의 의도는 알 것 같았다. 그러나 준서 외에는 손도 잡아 본 적 없는 신우. 하물며 다른 남자에게 업힌다거나 안긴다는 것은, 그것은 죽어도 하고 싶지 않은 일이었다. 아무리 친구인 재민이라도.

"나는 괜찮아. 따라갈 테니. 먼저 가."

신우의 말을 들은 창이 버럭 소리를 질렀다.

"야, 꼬맹이! 어쩌자는 거야? 이건, 그런 문제와는 다르잖아. 너 때문에 늦어지는 걸 생각해야지!"

"……."

창이 비릿하게 웃으며 빈정거렸다.

"젠장. 완전히 민폐로군."

재민이 그를 쏘아보았다.

"이봐. 말을 조심하지?"

"그럼, 천천히 오든가. 아님, 말든가."

창 또한 언덕 아래로 몸을 날렸다. 그의 모습이 폭설 속으로 사라지자 신우는 낮게 우물거렸다.

"재민아. 미안해."

"아냐. 천천히 걸어가면 돼."

"고마워."

재민은 앞장서서 걸으며 준서를 생각했다.

'짜식. 행복한 놈이구나. 너는.'

*　　　*　　　*

반군들은 마을 사람들을 다음 역으로 피신시켰다. 4호선이면 혜화역, 2호선이면 을지로4가역일 것이었다. 지금도 그렇게 부르는지는 모르겠지만. 자유분방함과 싱그러운 청춘들이 가득했던 대학로. 마로니에 공원은 아직도 그대로 있을까.

병력을 흩트려놓는 것은 전략상 나쁘지 않았다.

아케론과 땅딸보는 집무실에서 뭔가를 의논했다. 아마 향후 대책을 논하지 싶었다. 준서는 철로를 지나 제냐와 상황실로 갔다. 철로 쪽 백열등은 여전히 깜박거렸다.

"아, 언제쯤 이 어두컴컴한 지하를 벗어나나."

제냐의 말이 맞다. 어찌 됐건. 이 눅눅하고 곰팡이 슨 지하를 벗어나야 하는 것은 사실이다.

"어머, 박사님. 주무시네?"

헨드릭스는 잔뜩 술에 취해 잠들어 있었다. 코고는 소리에 철제 책상이 흔들릴 정도였다. 준서는 발로 의자를 툭 찼다.

"일어나십시오."

"으잉? 언제 왔지?"

"방금 왔습니다."

헨드릭스가 졸린 눈으로 위아래를 훑었다.

"TK—100을 잡았나?"

제냐가 마치 자신이 한 행동처럼 떠벌렸다.

"아주 박살 내 버렸죠. 그걸 보셨어야 했는데. 완전 멋있었거든요."

"으아, 대단하군."

"이제 선생께서 약속을 지킬 차례입니다."

"알았네."

말을 마치자 헨드릭스는 상황실에서 멀지 않은 곳에 설치된, 플라스틱판으로 된 칸막이로 준서와 제냐를 데려갔다. 일종의 실험실이다. 이곳에서 상당한 압력으로 호스를 통해 뿜어져 나오는 물이 있다는 것은 놀라운 일이었다. 이 물은 어디서 나오고 이런 설비는 어떻게 갖추어졌는지 의아했다. 벽을 따라 긴 테이블이 놓여 있었다. 헨드릭스는 김이 모락모락 나는 큰 통 위에 곡물 메이저 대표들의 눈알이 담긴 케이스를 올려놓았다. 케이스는 의료 장비로, 이식할 사람의 안구나 장기를 보관·이동용으로 만들어진 것이었다. 헨드릭스가 케이스를 열며 말했다.

"이것이 그 늙은이들의 눈알이란 말이지?"

네 쌍의 홍채를 축출한 헨드릭스는 의욕적으로 컴퓨터에 달라붙었다. 각각의 홍채를 스캔하여 모니터에 띄웠다. 그리고 인식 장비를 이용해 알고리즘 형태로 입력된 홍채의 무늬 패턴을 짧은 시간에 읽어냈다. 제냐는 콘택트렌즈의 재료인 실리콘 하이드로겔에 인식한 홍채의 무늬 패턴을 그대로 옮겨 그렸다. 정교한 작업이었지만 시간은 그리 오래 걸리지 않았다.

"후아. 됐어요."

이제는 가공 선반에서 콘택트렌즈가 만들어지는 것만 기다리면 될 일이었다. 새 콘택트렌즈는 5분 만에 만들어졌다. 헨드릭스는 새로 제작된 콘택트렌즈를 핀셋으로 집어 들었다.

"됐군."

그것을 준서에게 보여주었다.

"자, 이게 네놈을 중앙 통제실에 들여보내 줄 티켓이다."

"착용만 하면 됩니까?"

"그렇지."

준서는 콘택트렌즈를 케이스에 챙겨 코트 주머니에 넣었다.

"수고하셨습니다."

헨드릭스가 물었다.

"혼자 가게?"

준서는 제냐를 가리켰다.

"둘이 갑니다. 이 여자랑."

"두 쌍이나 남으면 아깝잖아. 나도 가지. 가서 연맹의 뇌 속을 내 눈으로 구경하는 것도 괜찮은 일 같아. 거기에 무슨 비밀이 숨겨져 있는지 궁금하잖아. 안 그래?"

"그럼 남은 한 쌍은 제가 착용하지요."

그리 말한 자는 아케론이었다. 그는 실험실 안으로 들어오며 동행 의사를 표시했다. 준서가 물었다.

"할 일이 많지 않소?"

저항군의 편제를 짜려면 꽤나 바쁠 터.

그러나 아케론은 도쿄 카르텔을 분쇄하는 데 준서가 큰 도움이 되었다는 사실을 분명히 했다.

"자네에게 도움을 받았으니 나도 자네를 돕는 게 옳은 일이겠지."

그를 처음 만났을 때를 생각했다. 그가 아니었으면 스쿨버스 사고를 막지 못했을 것이었다. 군사학교에 가보지도, 이런 능력을 얻지도 못했을 것이었다. 도대체 왜 여기로 왔는지 이해가 되지 않는 건 여전했지만, 그 고마움은 잊을 수 없는 일이었다.

"그러지 않아도 되오. 도움을 받은 건 나니까. 오래전에."

"내가 도움을 주었던가?"

아직도 낯설기만 하다. 분명 한사람인데, 다른 시공간에서 두 명을 대한다는 것이 쉽지 않다. 준서는 잠시 아케론을 쳐다보았다. 그러다가 무겁게 입을 열었다.

"나를 살려 준 적이 있소. 그리고 지금의 나를 만든 건 당신이라 말할 수 있소. 그러니 그 정도는 내가 해 줄 수 있는 일이오."

"그랬었군."

"그렇소."

"어쨌든. 2013년에서 내가 어떻게 행동했든, 지금의 나는 자네에게 빚이 있네."

"좋소. 딱 거기까지만 같이 행동합시다."

*　　*　　*

TK—100의 공격을 받은 블랙스톤 마을은 처참했다.

건물은 무너져 폐허나 다름없었고, 골목마다 타 버린 시체들이 널려 있었다.

"지독하군."

"이게 TK—100의 위력이지."

주로 떠들어 대는 쪽은 창과 놋쇠이빨 케네스였다. 유이치는 막부의 무사답게 진중하고 과묵했으며, 탕룽파는 승려답게 세상만사에 초월한 듯한 태도를 보였다.

"극락왕생하시구려."

재민은 늘 방관자였고.

"이런 TK—100을 해치운 놈. 궁금하지 않아?"

"후후. 빨리 만나 보고 싶지."

"몰려다닐 필요 없잖아. 흩어져서 찾아보자고."

"좋은 생각이야. 먼저 발견하는 쪽이 신호를 하는 걸로."

창, 유이치, 놋쇠이빨 케네스, 탕룽파는 각자 흩어져서 준서의 흔적을 찾았다. 신우가 문제였다. 하늘에 드론이라도 뜨면 발각될 가능성이 컸다. 재민은 신우를 숨길 장소를 찾았다. 교회당이 눈에 띠었다. 폭격을 맞아 허물어졌지만 제단 쪽은 숨어 있을 공간이 있었다.

"신우야. 여기서 잠깐 기다려."

"대체 뭘 찾는 거야?"

"탈출구 같은 거. 마을 사람들이 순식간에 사라진 걸 보면 분명 탈출구 같은 게 있을 거야. 준서가 있었다면, 당연히 거길 이용했을 테고."

"알았어."

재민은 신우에게 호각을 주었다.

"무슨 일이 있으면 이걸 불어."

"어? 체육 시간에 쓰던 거잖아."

"슬쩍해 뒀었어. 하여간 꼼짝 말고 기다려."

"응."

신우는 제단의 계단에 앉았다.

잿더미가 된 교회당 안에는 아직도 그을음 냄새가 가득했다. 신우가 경험한 미래는 너무도 끔찍했다. 이곳으로 온 후 마음이 편했던 적이 한 번도 없었다. 불안감에 가슴이 떨렸다.

준서는 언제쯤 만날 수 있을까. 재민의 말대로 준서가 확실할까.

그리고 무모했던 것일까.

차라리 그때, 내 시간도 멈추어버렸다면. 그리 생각하다가 신우는 머리를 세차게 흔들었다.

'아냐. 만약에 그랬다면, 준서를 찾으러 나설 수도 없었잖아. 여기가 나아. 아무리 힘들어도 희망은 있으니까.'

"……?"

그때, 신우에 눈에 뭔가가 보였다. 마룻바닥에 손잡이 같은 게 달려 있었던 것이다. 카펫에 가려져 있었지만 손잡이는 분명히 보였다. 문득 재민의 말이 머리를 스쳤다.

　─탈출구 같은 게 있을 거야. 준서가 있었다면, 당연히 거길 이용했을 테고.

신우는 카펫을 들추고 손잡이를 잡았다. 덮개가 무거웠지만 두 손으로 힘껏 들었다. 덮개를 열자 어둠 속으로 이어진 계단이 보였다.

'재민이 말한 탈출구가 이걸까?'

가슴이 콩닥콩닥 뛰었다.

'준서가 여기로 내려갔을까?'

신우는 떨리는 손으로 호각을 꺼내 입으로 가져갔다. 그리고 세차게 불었다.

삐익!

＊　　　＊　　　＊

폭설이 다시 세차게 퍼부었다. 황량한 숲을 지났다. 눈은 깊었고 잿빛이었다. 눈 위에 시커먼 재가 새로 떨어지고 있었다. 발은 무릎까지 푹푹 빠졌다. 이 빌어먹을 땅이 나아질 기색은 여전히 없었다.

삐익!

맨 앞에서 걷던 준서는 높고 날카로운 소리에 걸음을 멈췄다. 다시 한번 귀를 기울였으나 거센 바람 소리만 귓전을 때렸다.

'분명 귀에 익은 소리였는데. 뭐였지?'

공기를 가르는 높고 날카로운 소리. 귀에 익숙한 소리다. 새 같은 짐승의 소리는 결코 아니다. 언제 들어 봤을까. 기억을 더듬어 본다. 전쟁 중에 사용했던 호각 소리였을까? 애를 써 보지만 기억이 또렷하지 않다.

'잘못 들었나?'

앞서 가던 준서가 걸음을 멈추자 제냐는 불안한 표정이 되었다.

'왜 그러지? 앞에 누가 있는 건가?'

제냐는 준서의 표정을 살폈다.

"왜요?"

"무슨 소리를 들은 거 같아서."

"어떤 소리요?"

"호각 소리 비슷한 거."

"난 못 들었는데, 어느 쪽에서요?"

준서는 소리가 난 쪽을 손가락으로 가리켰다. 뒤따라오던 아케론이 말했다.

"거긴 블랙스톤 쪽이네. 지금은 아무도 없을 걸세. 만약에 있다면 연맹 놈들이겠지."

······그렇겠군.

헨드릭스가 짜증을 부렸다.

"아, 추워! 얼른 가자고."

"그러죠."

준서는 다시 한 번 돌아보았다. 귀에 익은 그 소리가 발길을 붙잡는 기분이 들었기 때문이었다.

순간, 과거의 어떤 장면이 눈앞에 어른거렸다. 삐익! 하는 호각 소리가 들렸고, 체육복을 입은 학생들이 발야구를 하다가 운동장에 주저앉았다. 학생들은 밝게 웃고 있었고, 선명한 푸른 하늘에는 구름이 두둥실 떠 있었다. 냄새나는 양말을 벗어 흔드는 성구. 바람처럼 살랑거리는 신우의 눈웃음. 초록빛으로 반짝이는 교정. 모두 그리운 것들······. 친근한 얼굴도 보였다. 땅바닥에 털썩 주저앉아 물을 마시고 있는 젊은 날의 자신.

나인가?

잠시 눈을 감고 생각에 잠겼다.

'그래. 체육 시간에 들었던 호각 소리 같았어. 그래서 익숙했던 거야.'

제냐가 준서의 심기를 다시 살폈다.

"왜요. 뭔가 찜찜해요?"

"응."

"뭔데요?"

"체육 시간에 들었던 호각 소리 같아서······. 아주 오래전 일이야."

"학교 친구들이 놀러 왔나 보죠."

제냐의 엉뚱한 농담에 준서는 피식 웃고 말았다. 그러자 제냐가 양 팔을 허리에 올렸다.

"하하. 웃었다. 내가 당신을 웃긴 거죠?"

"그래. 웃겼어."

제냐가 활짝 웃으며 준서의 팔에 매달렸다.

"자, 천공 도시로 가 볼까요?"

문득, 준서의 이마가 찌푸려졌다.

'학교 친구들이 놀러왔다고?'

준서는 제냐의 손을 뿌리치고 갑자기 언덕 쪽으로 걸어갔다. 주절 거리는 모습은 마치 정신이 나간 사람처럼 보였다.

"그래. 재민이. 녀석도 시간 여행자였어. 나처럼 타임 슬립을 할 수 있단 말이지. 어쩌면 저기에 신우가 있을지도 몰라."

갑작스러운 행동에 놀란 제냐가 소리쳤다.

"당신, 왜 그래요!"

"놔!"

준서는 허벅지까지 차는 눈밭을 헤쳐 나갔다. 그걸 본 헨드릭스가 혀를 찼다.

"쯧쯧. 저놈, 갑자기 미친 거야?"

아케론이 달려와 준서를 붙들었다.

"자네 왜 이러나."

"방금 호각 소리. 우리가 체육 시간에 쓰던 것이었습니다. 친구들 이 찾아왔을 수도 있다고요."

"친구들이 어떻게 오지?"

"친구들 중에 표류자가 있습니다."

"그러니까 그 친구가 어떻게 여길 찾아 오냐고."

"……?"

"그 친구가 이곳의 공간 좌표를 알고 있나? 자네도 모르는 공간 좌표를? 그것보다 아직 중간 벽이 열리지 않았네. 우리가 그것 때문에 천공 도시로 가는 것 아닌가? 로컬 에어리어 넘버 306를 부수러 말이야. 그래야 워프 아웃을 하든 말든 할 테니까."

그렇다. 인정할 수밖에 없다. 공간 좌표를 모르는데 어떻게 올 수 있다는 말인가.

"그렇군요."

"곧 블랙스톤은 연맹군에 의해 맹폭을 당할 걸세. 마을은 이제 지도에서 사라지겠지. 그곳에서 기꺼이 죽어줄 생각이 아니라면 그만두게."

천천히 이성이 되돌아왔다.

심장은 여전히 뜨겁게 뛰었지만, 머리가 차가워졌다.

"알겠소."

제냐가 잿빛 하늘을 가리켰다.

"저길 봐요!"

배틀쉽 10대가 천천히 블랙스톤 마을을 향해 움직이고 있었다. 워낙 거대한 크기라 하늘을 다 덮은 듯했다. 아케론이 씁쓸한 표정으로 말했다.

"보았나? 당하고 가만히 있을 놈들이 아닐세. 마을은 쑥대밭이 될 걸세."

"……."

"가세."

발길을 되돌려 천공 도시를 향했다. 가는 도중, 무의식적으로 주변을 돌아보며 신우의 모습을 찾았다. 신우가 웃으면서, 바로 옆에서 따라오고 있을 것만 같아서였다.

'돌아갈 수 있을까.'

꿈속이라도 찾아가겠다고 했건만, 그 약속을 지키는 일은 너무도 요원하다.

얼굴에는 차가운 바람만 스쳤다.

〈다음 권에 계속〉